ET SI AUJOURD'HUI ETAIT LE PREMIER JOUR
DU RESTE DE TA VIE ?

Mon nom est Jean-Charles de Cantenac.

Fils d'un père mort,
Fils rejeté par sa mère,
Sans amis et sans aucune ressource financière,
Seul, abandonné de tous.

Mais tout cela, je ne le sais pas encore.
Voici mon histoire.

PREMIERE PARTIE : NEW YORK CITY

Chapitre I
105th Street - Manhattan Avenue
11 mars
7.37 PM

- Rita, occupez-vous de ce chat immédiatement. Son repas aurait dû lui être servi depuis sept minutes, incapable !
- Bien entendu Madame, tout de suite Madame. Love, viens là mon mignon, viens voir Rita, s'exclama la jeune fille pourtant allergique aux poils de chats.

La salle à manger dans laquelle se trouvait la famille de Cantenac avait été préparée avec beaucoup d'attention et de délicatesse. Comme tous les soirs, le repas y était servi avec un service de très haute qualité.
Les deux servantes avaient pour habitude d'être toutes deux vêtues d'un haut blanc cousu à la main, sur lequel était brodé l'écusson de la famille.
Le port de gants blanc entourés d'un sigle bleu légèrement cassé était obligatoire. Les deux femmes, pour avoir servi depuis des années dans cette maison, connaissaient parfaitement les désirs et volontés de Madame de Cantenac.

Ce travail, elle le détestait. Le cadre lugubre et l'ambiance austère qui y régnaient donnaient à Rita l'envie constante de donner sa démission. Mais elle savait que cela lui était impossible. Cela faisait trop longtemps qu'elle travaillait ici. Elle ne pourrait trouver un meilleur salaire ailleurs, ce dernier était son unique motivation.
Elle redoutait Madame de Cantenac. Pourtant, elle avait toujours veillé à faire de son mieux, travaillant parfois jusqu'à quatorze heures par jour. L'argent qu'elle gagnait permettait à ses trois enfants - restés en Lituanie - de survivre, l'hiver de cette année s'y annonçait être rude. Rita prévoyait d'envoyer la plupart de ses économies dans son pays natal afin de permettre à ses enfants de lutter contre le froid et faire face au manque de ressources.

Mais depuis quelque temps elle se sentait menacée. Une fois déjà, elle avait été sur le point de se faire congédier. Non pas à cause d'une erreur venant de sa personne mais en raison de Jean-Charles. Ce jeune vaurien prétentieux.

A l'époque, Rita avait refusé de coucher avec lui. Et pourtant, ce n'était pas l'envie qui lui en manquait.

Jean-Charles est un beau garçon de 25 ans. Son succès auprès des femmes est indéniable. Rita était bien placée pour le savoir. Elle avait trop souvent assisté à l'affligeant spectacle de Jean-Charles lors des soirées mondaines chez sa mère. Elle connaissait toutes ses ruses et toutes ses remarques redondantes qu'il employait avec tant de réussite. Il promettait des lendemains fait d'amour et de passion jusqu'au moment où il obtenait ce qu'il voulait, délaissant vulgairement sa conquête à la recherche d'une autre.

Cela écœurait Rita qui assistait à chacun de ces affligeants spectacles.

Malgré tout, le charme de cet Apollon des temps modernes pourrait un jour faire chavirer le cœur de Rita, à son insu. Elle en était consciente, elle devait prendre garde.

Elle était mariée, Jean-Charles le savait pertinemment. Cette difficulté lui procurait un désir supplémentaire qu'il n'arrivait pas à assouvir.

N'acceptant pas son refus, il s'était lancé le défi de la faire renvoyer par sa mère. C'était pour lui un jeu qui l'amusait et il savait qu'il n'était pas loin d'atteindre son objectif.

La dernière tentative était presque concluante. Il avait réussi à s'introduire dans la chambre de sa mère dont l'accès est généralement interdit à toute autre personne.

Il y avait dérobé deux foulards de marque Hermès lui permettant de financer ses paris de courses de chevaux qu'il tenait pour secret.

Sa mère, malgré la panoplie sans fin de produits de luxe, avait des doutes concernant le vol. Elle l'avait plus ou moins fait comprendre à Rita, totalement incrédule et impuissante face à cette accusation.

- Mère, le service n'est plus ce qu'il était dans cette maison, cela fait une éternité que j'attends la sauce pour la viande ! Dit Jean-Charles d'un ton sec.
- Tu as raison mon fils. On ne peut plus se faire servir dans ce pays. Qu'ils viennent de l'Est ou d'Afrique, les domestiques n'ont plus le sens du service !
Nous devrions profiter pleinement du système américain et rémunérer le personnel en fonction de la qualité de leur prestation et non des heures de travail effectuées. On ferait beaucoup d'économie !

A propos d'argent, où en est ton soi-disant projet d'entrepôt au Cambodge dans lequel tu as investi avec tes amis ?
- Vous savez bien, mère, j'ai besoin de plus d'argent. Les autorités locales nous font barrage et ne cessent de réclamer toujours plus d'argent afin d'obtenir les autorisations nécessaires. L'agrandissement nous pose problème. La plupart des terrains bien placés ont été achetés par la police locale. Il me faut débloquer plus d'argent afin de les soudoyer et continuer les travaux, dit Jean-Charles avec beaucoup d'assurance.
- Toute cette histoire est ridicule ! Si ton grand-père te voyait... Tu ferais mieux de reprendre tes études de Droit plutôt que de traiter avec un peuple primaire !
- Mère, je ne vais pas revenir là-dessus. Je vois grand. En quelques mois, nous allons faire un carton à l'échelle planétaire, faites-moi confiance. Pourquoi voir petit alors que le succès, le vrai, est rapidement à notre portée ? Laissez-moi le temps de vraiment démarrer l'activité et vous verrez...
- Bon, et pour avancer dans ton projet, de combien as-tu besoin mon garçon ?
- 50.000 Dollars minimum. Vous savez comment cela fonctionne dans ces pays... Je n'ai pas le choix. Je dois développer notre activité et comme vous le savez, je ne peux toucher l'héritage de Père avant mes 30 ans. J'ai donc besoin d'un peu d'aide de la part des gens que j'aime.
- Un peu d'argent ?! Cela fait trois fois en six mois que tu me réclames toujours plus !
Te rends-tu compte de la situation mon fils ? Je me pose des questions sur la nature même de ce fameux projet...
- Mère, je sais que l'héritage de Papa n'est pas éternel mais vous avez suffisamment d'argent pour vivre comme une princesse jusqu'à la fin de votre vie ! Par ailleurs, jamais je ne songerai à vous tromper. Depuis la mort de Père, vous êtes ce qui m'est de plus cher au monde.

- Je t'aime maman, lâcha-t-il contre toute attente avec une petite voix câline.

Jean-Charles n'en pouvait plus de ces dîners sans fin et surtout de devoir supporter sa mère à chaque repas, tous les soirs. Ces conversations lui donnaient mal au cœur et il prenait énormément sur lui pour montrer de la compassion et de la gentillesse.
En réalité, il ne pouvait plus endurer ces moments. Il devait faire preuve d'un stoïcisme renforcé pour garder son calme et sa sérénité.
Il n'avait pas le choix. Cela lui était insupportable mais inévitable.

- Mon chéri, comme tu es mignon, bien entendu, je vais t'aider dans tes démarches. Je t'ai toujours fait confiance et je t'aimerai toujours mon ange, répondit Madame de Cantenac à son fils avec beaucoup de tendresse.

Le dernier mot qu'elle avait prononcé avait créé chez Jean-Charles une frustration qui pouvait se lire sur son visage. Il ne supportait vraiment pas quand elle l'appelait « mon ange ».

Il eut soudain l'envie de quitter la pièce en claquant la porte et ne plus jamais revenir.
Mais il avait trop besoin de sa mère pour financer ses projets. Après tout, peu importe ce que pensait cette vieille bique, l'essentiel était de trouver l'argent nécessaire.

Lorsque Jean-Charles s'apprêta de nouveau à prendre la parole, un cri strident s'échappa de la cuisine et résonna en écho dans toute la salle à manger.
Aussitôt, Jean-Charles sauta de sa chaise et prit la direction de la cuisine où il rejoignit Rita et le cuisinier. Tous les deux se trouvaient au sol, agenouillés, impuissants.

Il était trop tard, Love venait de succomber brutalement. Impossible de ranimer le chat ou de tenter le moindre sauvetage. Il était mort, étendu au sol, sur le dos, les pattes recroquevillées sur elles-mêmes.
- Love, Love, réveille-toi, réveille-toi !! Se mit à hurler Jean-Charles.
- Mon Dieu ! Que s'est-il passé ici ? Rita, répondez-moi ! S'exclama avec rage Madame de Cantenac, arrivant essoufflée.
- Je… Je ne sais pas Madame. Je lui ai donné son dîner comme tous les soirs, son pâtée pour chat et puis tout d'un coup, il s'est mis à délirer et à se cambrer dans tous les sens avant de ne plus bouger du tout… Je ne comprends pas…

A ce moment précis, Jean-Charles se leva lentement et s'adressa à Rita en la fixant droit dans les yeux. Son regard noir traduisait la rage qui l'animait :

- Qu'avez-vous fait à Love ?? Regardez l'état dans lequel il se trouve ! Vous n'imaginez même pas la souffrance qu'il a dû subir !
Puis se tournant vers sa mère, il dit d'un ton sec :

- Mère, Rita a tué Love, il était en pleine forme il y a cinq minutes.

Elle l'a drogué et tué parce qu'elle ne le supportait pas et en était allergique !
S'exclama Jean-Charles partant de la pièce dans un élan de furie, les larmes aux yeux.
Madame de Cantenac se retourna et rétorqua dans une expression de haine :
- C'en est trop Rita, remontez dans votre chambre, faites votre valise et partez d'ici avant que je n'appelle la police, je ne veux plus jamais vous voir !
La jeune fille, ne s'attendant pas à une telle réaction, n'eut pas le courage de sortir le moindre mot. D'un pas lent et la posture voûtée, comme si elle venait de prendre un coup de massue dans le dos, elle prit le chemin de sa chambre en pleurant de toutes ses larmes.
La première pensée qui vint à l'esprit de Rita était celle de son enfant.

Positionné discrètement derrière la porte, Jean-Charles esquissa un petit sourire lorsqu'il assista à la piètre sortie de la domestique.

Son plan avait fonctionné à merveille. La « poudre d'ange » qu'il avait mélangée avec la nourriture pour chat avait fait son effet. Cette substance, aussi appelée « Spécial K » est utilisée en général pour amoindrir les mauvaises 'descentes' d'héroïne provoquant des hallucinations. Elle est aussi utilisée pour parvenir à un dédoublement de la personne, semblable à une NDE (Near Death Experience ou «voyage astral»).
Elle provoque chez l'homme des arrêts cardiaques. Cela avait était le cas pour le pauvre chat, ne pouvant pas supporter un tel produit.

En quelques minutes, il avait réussi à se débarrasser de cet ignoble animal qu'il détestait tant et de cette domestique qui lui avait à plusieurs reprises refusé son corps.

Il se sentait fort et puissant.

Pour la première fois, Jean-Charles avait passé une bonne soirée en compagnie de sa mère.

Chapitre II
SELF MADE MAN

Cela faisait plusieurs semaines qu'il avait rejoint sa mère à New York et jusqu'à présent, il n'avait jamais voulu s'adapter à la culture américaine.
La mort brutale de son père l'avait précipitamment contraint à quitter la France afin de s'occuper des problèmes liés à l'héritage.
Il devait montrer à sa mère qu'il était à ses côtés. Il devait faire bonne impression.
La disparition de son père ne le dérangeait pas tant que ça. Au contraire, c'était pour lui l'occasion de voyager et de découvrir New York qu'il connaissait si mal. Il était pourtant déjà venu à maintes reprises mais uniquement dans le cadre de voyages de courtes durées, pour assister à des cocktails ou vernissages importants. Il ne s'était jamais donné la peine de comprendre la culture américaine ou simplement de la découvrir.
Dès son arrivée sur le territoire américain, il s'était promis de ne pas tomber dans le piège de ces « gros idiots » comme il se plaisait à dire.
Il était venu avec pleins de clichés en tête que les médias français lui avaient imposés à répétition. Il n'avait jamais fait l'effort de s'en défaire. Ce sentiment anti-américain qui planait en France l'avait affecté au point de ne pas vouloir s'ouvrir, de ne pas vouloir faire l'effort de comprendre. Il était persuadé que ce qu'on lui avait inculqué dans son pays était vrai.

Ce qui lui plaisait à New York, c'était l'ambiance du « Self Made Man » solitaire, ce sentiment de supériorité, d'invulnérabilité.
Il pouvait le ressentir partout dans la ville, il s'en imprégnait au maximum.
Il aimait par-dessus tout l'agressivité des hommes d'affaires dans les rues de Manhattan.
Le regard baissé, le costume sombre et la mallette en main. L'air dur et déterminé donnait à ces New-yorkais un sentiment de force que Jean-Charles aimait ressentir.
Lorsque vous vous retrouvez sur leur passage, ces derniers n'hésitent pas à vous bousculer sans s'excuser en continuant leur chemin comme si de rien n'était.

Jean-Charles, lui, aimait les affronter dans les rues de New York, contrairement à la plupart des gens qui évitaient ces hommes vêtus en noir au regard obscur et impénétrable…
Il s'amusait à les charger tel un taureau s'élançant de toutes ses forces sur le matador.
La plupart du temps, il sortait victorieux de ces affrontements allant jusqu'à faire tomber son adversaire au sol tout en continuant son chemin, fier d'avoir pris le dessus.

Cette force, c'était son père qui la lui avait inculquée.
Jean-Charles l'avait détesté mais il lui avait appris à devenir un homme, à ne pas se laisser faire.

Issu d'une famille pauvre, Albert de Cantenac ne devait sa réussite qu'à lui-même. Il avait depuis toujours multiplié les conquêtes 'stratégiques'. Divorcé à trois reprises, il avait fait des mariages d'argent extraordinaires, épousant tour à tour une actrice célèbre, une femme riche issue de la haute bourgeoisie française (Madame de Cantenac, mère de Jean-Charles) et une mannequin russe de trente années sa cadette qu'il avait épousée quelque temps avant sa mort.

Alors que Jean-Charles était à peine âgé de treize ans, il lui avait raconté que dès son plus jeune âge, il établissait avec ses amis des listes de femmes fortunées avec qui sortir. Ils se lançaient ainsi un défi ; celui sortant avec la plus riche de la liste remportait le concours…
L'humour d'Albert de Cantenac, son charme naturel et l'incroyable admiration qu'il avait à l'égard des femmes le rendaient imbattable à ce jeu.
Sa grande taille, sa démarche gracieuse, son regard plein de vivacité et sa forme athlétique en faisaient un homme à succès auprès des femmes.
Son apparence était malgré tout très trompeuse car Albert de Cantenac était un véritable calculateur opportuniste prêt à tout pour atteindre ses objectifs et arriver à ses fins. Il n'était pas issu de ce monde bourgeois mais il avait appris à en maîtriser les rites et les codes afin de mieux le pénétrer.
La mère de Jean-Charles s'en était rendu compte trop tard, peu après leur mariage, malheureusement pour elle.

S'il n'aimait pas son père, Jean-Charles le respectait et le prenait pour modèle. Jamais il n'aurait osé élever le ton face à lui. C'était la seule personne dont il suivait les conseils.

L'argent faisait partie des priorités dans la vie d'Albert de Cantenac, il avait bien veillé à éduquer son fils en ce sens.
Il se rappelait ce que son père lui répétait sans relâche :

- N'oublie pas mon fils :
L'argent est comme un sixième sens : sans lui, nous ne pourrions développer les cinq autres.

Sur le chemin de l'hippodrome, Jean-Charles repensait à cette réflexion en se disant que son père avait raison :

Ce soir, il allait parier gros.

Chapitre III
UNE SALE GUERRE

La guerre en Irak venait d'éclater, les troupes américaines s'étaient lancées à l'assaut de ce pays pour le libérer de son dictateur : Saddam Hussein. Les relations diplomatiques franco-américaines étaient au plus mal. La crise entre les deux pays dépassait largement le cadre politique.
Jean-Charles ressentait constamment cette tension si pesante. Les médias américains développaient un véritable acharnement à l'encontre des Français (comme cela pouvait être le cas en France envers les Américains). Les télévisions passaient des images de restaurateurs déversant leur meilleur vin français dans les caniveaux. Certains magazines réputés n'hésitaient pas à enflammer la situation.
C'est ainsi que Jean-Charles tomba sur un article dans un journal très connu dans lequel le journaliste traitait le président français Jacques Chirac de :
« President of the cheese and wine club ».

De quel droit ces cow-boys pouvaient-ils traiter les Français de la sorte ? Ce peuple sommairement éduqué à la culture Mac Do/Catch/MTV ne pouvait pas comprendre un pays aussi raffiné que la France. Cette arrogance gênait Jean-Charles mais le fascinait également.

D'un geste brutal, Jean-Charles balança le plus loin possible le journal en question, soulageant ainsi une partie de sa frustration. Il prit la direction du métro pour se rendre à l'hippodrome.

Cette haine envers les Français, Jean-Charles s'en servait pour être plus fort.
Il rentra dans le wagon du métro le torse bombé, la tête haute.
Debout, agrippant d'une main le poteau afin de ne pas perdre son équilibre - le métro new-yorkais étant vieux et vétuste - son regard croisa celui d'un Américain assis face à lui.
L'homme, d'une trentaine d'années portait un pin's au niveau du cœur en forme

de drapeau dont les cinquante étoiles représentent les cinquante Etats et les treize bandes horizontales en référence aux treize Etats fondateurs.
Légèrement dégarni, de physique imposant dû à un surpoids, l'individu fixait des yeux Jean-Charles en refusant formellement de baisser son regard, provoquant ainsi le jeune homme.
L'Américain prit soudainement la parole :
- Tu es Français n'est-ce pas ? Avec ta belle chemise et tes belles chaussures. J'aimerais qu'on cause un peu ensemble, dit-il avec un fort accent texan, indiquant le siège vide situé face à lui.
Peu enclin à entamer la conversation avec un tel individu, Jean-Charles s'assit tout de même pensant que cela ferait une bonne expérience à raconter lors de ses dîners mondains.
- Mon nom à moi, c'est Richard, mais mes potes m'appellent Rich, parce que je vaux de l'or ! Rétorqua l'Américain éclatant de rire à sa blague.
Jean-Charles pouvait distinguer quelques dents en or dans la bouche de l'individu.
Il devinait qu'il n'avait pas dû se rendre chez le dentiste depuis une décennie.
Impassible, Jean-Charles lui répondit :
- Je me rends à l'hippodrome, il y a une course intéressante cet après-midi. Je ne veux pas la rater.
- T'as raison mon pote, si tu ne fais pas aujourd'hui ce que t'as dans la tête, demain, tu l'auras dans le cul ! Dit Rich en hurlant de rire une nouvelle fois à sa blague.
Imperturbable, Jean-Charles ne réagit pas. Il était prêt à se lever et mettre fin à la conversation.
L'Américain se calma, s'essuyant le front d'un geste rapide à l'aide d'un mouchoir de poche, il continua en prenant un ton sérieux :
- Je rigole, je rigole, ne m'en veux pas. Je me pose juste des questions, tu comprends, on est cool, Buddy.
Tiens, au fait, à propos de questions, je voulais te demander ce que tu pensais de la politique extérieure de notre pays. C'est pour ma culture générale, je n'ai pas souvent l'occasion de rencontrer un chic type comme toi.
La question de Rich surprit Jean-Charles. Il ne s'attendait pas à un tel revirement de situation. Sur ses gardes et après un court moment de réflexion, il lui répondit sèchement :
- Je n'en sais rien, je n'aime pas la politique, je ne m'y intéresse pas.
- Que penses-tu de ton président français ? Tu as bien une opinion ? Insista l'Américain d'une voix douce et posée.

- Je vous dis que je n'en sais rien ! Je ne suis pas venu aux Etats-Unis pour faire de la politique mais pour apprendre l'anglais, vous comprenez ? Ou êtes-vous mentalement retardé ? Répondit Jean-Charles qui commençait à perdre son calme.
- Ecoute gamin, donne-moi juste ton avis sur notre président Bush, je ne rencontre pas de Français tous les jours, ton opinion m'intéresse.
Désirant mettre fin à la conversation, Jean-Charles décida de donner son avis afin de satisfaire son interlocuteur :
- Je ne suis pas pour la guerre en Irak, je pense que... Puis l'homme se leva brutalement en hurlant :
- Espèce de sale vermine de collabo !! On vous a libérés en 44, j'ai même perdu un membre de ma famille qui a laissé sa peau sur Omaha Beach pour sauver ton pays de merde des Nazis ! Va au diable, toi et ton pays de merde ! Puis l'homme sortit du wagon sans laisser la moindre chance au Français de répliquer quoi que ce soit.

Assis au fond de son siège, Jean-Charles avait envie de tout casser. Sous le choc de la situation, il resta sans voix. Le fait de ne pas avoir pu répondre lui créa une frustration le prenant jusqu'au ventre.

Il avait trouvé quelqu'un d'encore plus odieux que lui.

Chapitre IV
L'HIPPODROME

Le métro était pour lui une nouveauté, il n'était pas habitué à tant de saletés, à se mélanger avec le peuple, avec 'les prolétaires' comme il aimait dire durant les dîners mondains à Paris.
Il était au contraire habitué au luxe et à la facilité. Dès son plus jeune âge, on lui avait appris les bonnes manières, à bien se comporter. On l'avait sorti dans les restaurants chics et il était toujours descendu dans les grands hôtels.

- C'est décidé, le métro, c'est fini, murmura-t-il en remontant les escaliers roulants.

Le soleil était rayonnant, la température assez douce. Le vent froid venait caresser délicatement les joues de Jean-Charles qui s'élançait à petits pas vers l'hippodrome.

- Nous vous attendions M. de Cantenac. Quel est l'objet de votre retard ?
L'homme moustachu aux petites lunettes paraissait rassuré de voir finalement arriver Jean-Charles.
- Monsieur Cunningham ! Pardonnez mon retard, j'ai eu un léger contretemps. Vous savez bien que les taxis ne sont plus aussi efficaces qu'ils ne l'étaient.
- Vous avez pris un taxi… Je suppose par conséquent que vous avez les poches remplies mon cher ? Laissez-moi vous présenter Mme Singer, actuelle comtesse d'Alveydre.
- Je ne suis pas venu ici pour parler chiffon Cunningham, parlons sérieusement d'homme à homme.
La femme, en léger retrait, se pencha en avant avec délicatesse et s'exclama :
- Mais enfin, pour qui vous prenez-vous espèce de prétentieux ? Savez-vous à qui vous avez affaire ? Jeune Français ignare.
- Non, ça ne va pas recommencer cette histoire ! Laissez-moi tranquille ! Qu'avez-vous avec la France dans ce pays ?! Se mit à dire Jean-Charles avec un

zèle d'énervement.

- Nous vous avons libéré il y a 60 ans et maintenant, vous pactisez avec les Allemands ! Vous avez fait le mauvais choix…

- Attendez, attendez. La guerre, c'était il y a 60 ans, vous l'avez bien souligné. Depuis, il s'est passé plusieurs choses, nous avons avancé dans le même sens, main dans la main afin de ne plus se battre l'un contre l'autre. L'Allemagne est devenue un partenaire économique de premier plan et était au centre de la politique étrangère de la France durant toutes ces dernières années. Mais je vois qu'avec vos films américains à la « Soldat Ryan » et autres, vous êtes restés bloqués en 1945. C'est bien malheureux de supprimer 60 ans d'histoire aussi facilement !
- Monsieur de Cantenac, je vous connais à peine que vous m'énervez déjà. A cause de vous, ma douleur à l'épaule s'accentue, vous êtes fier ?
- Voyons les amis, je vous demanderai un peu plus de tenue, je vous prie, se mit à dire Cunningham finissant de remplir sa pipe de tabac.

Jean-Charles connaissait depuis longtemps Cunningham mais il n'avait jamais réellement su quoi penser de lui. Il l'avait croisé à de nombreuses reprises lors de différentes soirées branchées à New York et le fréquentait à l'hippodrome où Cunningham y passait la plupart de ses journées. Jean-Charles avait entendu plusieurs histoires à son sujet.
Issu d'une grande famille, il aurait fait fondre une grosse partie de sa fortune aux jeux.

Aujourd'hui, il détenait plusieurs sociétés dont sa tante avait toutes les parts. Cette femme, âgée de 78 ans, ne s'était jamais mariée et vivait seule dans son sinistre château de Lüneburg. Les sociétés en question lui rapportaient des millions de dollars, mais comme le répétait régulièrement Cunningham, sa tante « préférerait voir sa baraque s'écrouler sur son crâne chauve plutôt que de toucher à ses dollars », et depuis la mort de son père, il ne touchait qu'une misérable pension, l'obligeant ainsi à se débrouiller pour trouver de l'argent autrement.
On disait aussi de lui qu'il a été mêlé à une histoire de fausse officine d'agents de change en vendant des valeurs sous couvert d'une société écran. Ce qu'il a toujours nié, bien évidemment. De toute façon, il n'a jamais été inculpé.

Jean-Charles l'avait connu dans le milieu du jeu, ils partageaient la même passion ; plus la somme d'argent mise en jeu était importante, plus cela les excitaient.
Mais il devait une grosse somme d'argent à Cunningham à force de multiplier les contre-performances. La situation était critique et il ne pouvait demander plus d'argent à sa mère. 90.000 dollars perdus en six mois, cela faisait beaucoup pour un garçon de 25 ans.
Surtout qu'il devait garder un peu d'argent pour son projet d'agrandissement au Cambodge. Cette activité allait lui rapporter gros, il en était persuadé. Les perspectives d'avenir étaient très positives, même s'il devait partager les recettes avec ses deux associés.

- Jean-Charles, dois-je te rappeler que c'est ta dernière chance ? Si tu n'as pas l'argent, je vais…
- OUI, j'ai l'argent. Dette de jeu, dette d'honneur. J'ai bien les 20.000 dollars que je vous dois, pourriture d'Anglais !
- Mon genou me fait mal, c'est une horreur, s'exclama avec souffrance Mme Singer.
- 20.000 Dollars ?? Tu rigoles, c'est le double que tu me dois ! Et j'espère bien les récupérer au plus vite. Je suis au courant concernant ton petit manège au Cambodge.
D'ailleurs, comment se passe la production de téléphones portables contrefaits ?

Jean-Charles ne voulait pas céder. S'il ne remboursait que la moitié de ce qu'il devait à Cunningham, il pourrait investir dans cet entrepôt comme il l'avait prévu. Ses deux associés apportant chacun la même somme afin de financer les travaux nécessaires et soudoyer ainsi les hommes corrompus.

- Ecoutez, je vais vous rembourser. Ma mère est riche, ce n'est pas un problème. Donnez-moi juste le temps de m'arranger avec elle. Le problème sera bientôt réglé.
- Cette douleur à l'épaule est un véritable calvaire, s'exclama Mme Singer maintenant exclue de la conversation.
- S'ils ne pouvaient raconter leurs maladies, il y en aurait beaucoup qui ne seraient pas malades ! S'exclama Jean-Charles en soufflant avec agacement.
- Vous êtes vraiment un sale type épouvantable, je souffre !
- Ceux qui se plaignent le plus sont ceux qui souffrent le moins, surenchérit Cunningham.

- Vous n'allez pas vous y mettre aussi tout de même !

Le serveur venant du bar interrompit la conversation :
- Monsieur de Cantenac, j'ai un message urgent à vous remettre.
- Qu'y a-t-il ? Vous voyez bien que nous sommes occupés !
- Un message vocal d'un certain Olivier n'arrivant pas à vous joindre, le voici, Monsieur.
« Jean-Charles, je dois te voir pour parler de toute urgence. Je serai ce soir au Panjia.
Ne parle à personne de ce rendez-vous. Je compte sur toi. Olivier ».

Intrigué, Jean-Charles n'était plus d'humeur à supporter Cunningham et sa compagne.
Sans se justifier, il sortit du bar en marmonnant un vague au revoir.

Tout cela était étrange. Pourquoi son fidèle ami et associé voulait-il le voir en toute urgence sans dévoiler d'information… Cela ne lui ressemblait pas.

Chapitre V
UNE VIREE AU PANJIA

Malgré sa réticence, Jean-Charles commençait à observer autour de lui. Les conversations qu'il avait eues avec les autochtones l'avaient énervé, il voulait comprendre comment ils forgeaient leur raisonnement.
New York est une ville différente des autres aux Etats-Unis, il existe par exemple bon nombre de personnes se prononçant contre la guerre en Irak.
Sur le chemin du retour, il repensa à l'arrogance des Américains. Il commençait à en comprendre les raisons. Ici, le sentiment patriotique est très fort, le drapeau est présent partout ; à l'arrière des voitures, sur les t-shirt, les pin's, les casquettes, sans parler des drapeaux faisant trois mètres de haut dans le jardin de la ménagère moyenne.
Les messages télévisés sont aussi un moyen de promouvoir ce sentiment patriotique. Jean-Charles se rappela d'un spot publicitaire destiné aux jeunes Américains voulant intégrer l'armée. La réalisation était digne du meilleur film de James Cameron.
La musique, les plans, les hélicos, l'action... Jean-Charles lui-même était attiré ! C'est dire à quel point le système fonctionne. On vend du rêve aux Américains. Ils croient en leur pays, en leur système. On leur vend ce patriotisme à travers une politique de communication de masse avec des produits dérivés en tout genre.
Le drapeau national est devenu plus qu'un emblème, c'est un produit banalisé. Tout bon Américain se doit d'avoir son drapeau (peu importe sa taille), dans son jardin, sur sa tasse de café, sur son t-shirt, etc. Cela permet au pays de fédérer la population et rassembler les différents groupes ethniques. Car les Etats-Unis, c'est avant tout un 'melting pot', une 'salade bowl' avec un nombre d'immigrés dépassant tout autre pays.
Malgré cela, ce pays a réussi à créer une entité, un bloc uni et soudé. C'est ce qui en fait sa force.
Lorsque les Américains ont un genou à terre, ils se rassemblent tous et se remettent sur pied.
« On a perdu une bataille mais pas la guerre » pourrait être la maxime nationale.

Jamais l'Américain ne s'avouera battu. Cette force, Jean-Charles l'appréciait de plus en plus.

C'est un pays d'optimistes, composé de vainqueurs allant de l'avant, bien plus qu'en France, se dit Jean-Charles en descendant du taxi qui le déposa devant la fameuse boîte de nuit : Le Panjia.

Après avoir payé le chauffeur pour la course, et sans le remercier, Jean-Charles sortit le torse bombé en regardant le videur de la discothèque avec un sentiment de supériorité, de conquérant.
Il était vêtu d'une chemise blanche valant plus de 200 $, d'une cravate et d'un pantalon noir de marque Armani. Ses larges lunettes Dior fumées empêchaient tout contact visuel avec quiconque. Il ne voulait pas se mélanger et désirait être le centre d'intérêt principal.

Le Panjia est le club le plus en vogue à New York.
Son entrée était majestueuse, rappelant les plus beaux décors de cinéma en relation avec l'époque grecque.
Deux colonnes grandioses s'élevaient sur les côtés de la porte d'entrée. Sur l'architrave ionique, à trois bandeaux, reposait une frise ornée d'une décoration en relief représentant une femme et un serpent. Cette figure opposait légèreté, puissance et rigueur. Jean-Charles se comparait à cette figure et se prenait pour un héros grec des temps modernes.

Marchant volontairement à petits pas vers l'entrée afin de profiter de son éphémère supériorité, il apercevait à travers ses lunettes la longue queue qui se dessinait devant la boîte de nuit. La file faisait plus de vingt mètres de long.

- EH ! Pouvez-vous me faire entrer avec vous ? S'il vous plaît, on a froid ! Cria une belle jeune femme perdue au milieu de la queue.
Jean-Charles s'arrêta net devant le videur. Il se tourna vers la foule laissant présager une issue positive pour la jeune fille qui commençait à se rapprocher et à se retirer de la file d'attente, le sourire aux lèvres.
Il ôta lentement ses lunettes et fixa du regard la jolie blonde qui attendait impatiemment à quelques mètres. Sa petite tenue ne devait pas lui suffire pour affronter un tel froid.
Pivotant vers le videur, Jean-Charles s'adressa à lui :
- Tony, tout va bien ce soir ?

- Très bien Monsieur de Cantenac, comment allez-vous ?
Jean-Charles se contenta d'un simple hochement de tête avant d'entrer dans la boîte de nuit d'un air déterminé.
L'injuriant de tous les noms, la jeune fille n'avait réussi qu'à distraire Jean-Charles, qui esquissa un large sourire.

L'intérieur était grandiose, une sorte de temple du Panthéon composé de deux rangs de colonnes divisant la pièce en nefs afin de donner à l'ensemble un caractère majestueux. Le podium était situé au fond de la salle, surélevé sur un socle de trois ou quatre marches. Les murs étaient recouverts de longs draps blancs.
Le DJ, situé en plein milieu de la piste de danse, à quelques mètres de hauteur, passait les meilleurs morceaux House du moment, faisant frétiller dans tous les sens une clientèle de jeunes mannequins.
Jean-Charles lui envoya un rapide clin d'œil avant qu'un serveur ne se précipite sur lui :
- Monsieur de Cantenac, comment allez-vous ? Je vous place comme d'habitude, je présume ?
- Non Jack, pas tout de suite. Je te ferai signe si j'ai besoin de toi.

L'attention de Jean-Charles se porta désormais sur son ami Olivier qu'il pouvait apercevoir au loin. Il le connaissait depuis toujours. Olivier était une des seules personnes pour qui il avait du respect. Son charisme l'impressionnait.
De deux ans son aîné, il était pour lui comme un grand frère avec lequel il avait fait les 400 coups.

Moins chanceux que lui, Olivier était né d'une famille peu fortunée.
Son allure, sa volonté et sa force de conviction en avaient fait un jeune réussissant à rentrer dans le cercle très fermé de la bourgeoisie parisienne.
Il vivait plus ou moins avec une femme fortunée de quinze ans son aîné. Elle l'entretenait et le laissait courir d'autres jupons. Elle fermait les yeux pour préserver leur relation.

Vêtu d'un blouson en cuir et d'une chemise à moitié ouverte dont dépassaient quelques poils virils, Olivier discutait avec une fille, une coupe de champagne à la main.
Jean-Charles apercevait la scène de loin et comprit vite que son ami avait réussi - une fois de plus - à conquérir la jeune fille.

Son regard croisa le sien. Olivier posa sa coupe sur le bar et se jeta pour embrasser son ami.

- Comment vas-tu, sale canaille !
Je vois que tu as bien reçu mon message.
Désolé, je ne pouvais pas te parler au téléphone, je préférais qu'on se retrouve ici. On peut discuter sans indiscrétion avec ce son de malade ! Se mit à dire Olivier qui fit quelques pas de danse en se rapprochant de sa conquête.
- Darling, je dois te laisser, on se retrouve plus tard, ok ?

- Allons à ma table, dit Jean-Charles en faisant un rapide geste de la main en direction du serveur qui réagit tout de suite.

Bien installé au fond de son siège, Jean-Charles alluma un gros cigare et demanda à son ami d'un ton sérieux :
- Olivier, pourquoi m'as-tu contacté en urgence ?
J'étais en train de régler des problèmes d'argent au moment où j'ai reçu ton message, je dois un sacré paquet à ce vaurien de Cunningham et je ne peux plus faire cracher ma mère, elle ne me croit plus cette folle.
- Et notre projet ? J'espère que tu y as pensé… Répondit Olivier avec inquiétude.
- Ne t'inquiète pas, j'ai gardé de l'argent, no soucy.
Olivier fronça les sourcils puis regarda Jean-Charles d'un regard fébrile, étrange.
- On a des problèmes au Cambodge. J'ai parlé avec Kim qui est sur place, comme tu le sais. Il y a… un imprévu…
Jean-Charles se pencha brusquement en avant. Une lueur inquiétante caractérisait son regard, il demanda à son ami de continuer.
- Le chef de la police locale a rendu une visite inattendue à l'entrepôt. Il était accompagné de deux hommes selon Kim.
Malgré toutes les précautions prises, il est tombé par hasard sur une cargaison à destination de l'Espagne. On ne lui avait pas dit qu'on exportait également en Europe. Il s'est mis à questionner Kim d'un ton menaçant. Il n'y aurait pas dû avoir de problème, on lui avait donné pas mal de blé pour qu'il ferme les yeux…
Mais cette foutue cargaison, c'est vraiment pas de chance ! Se mit à dire Olivier en s'apitoyant avant de continuer :
- Le chef de la police a donc demandé à ses hommes d'ouvrir les caisses présentes dans le camion. Ces putains de flics ont découvert notre trafic de téléphones portables contrefaits… !

Olivier paraissait très tendu. Il ne cessait de taper du pied et de se gratter le bras. Il continua :

- La bonne nouvelle, c'est « l'ouverture d'esprit » des ripoux en question, selon sa propre expression. Il est prêt à fermer les yeux si on lui verse le double de sa paie…
Pour ma part, j'ai déjà payé, j'ai réalisé le transfert il y a quelques heures, j'ai sur moi le relevé bancaire, si tu ne me crois pas… Nous devons tous les trois participer à l'augmentation de capital, toi y compris, mon pote.

Imperturbable sur sa chaise, Jean-Charles écrasa son cigare en laissant s'échapper les dernières fumées par le nez.

- Nom de dieu ! Je ne peux pas payer, pas en ce moment en tout cas, affirma-t-il tout en se passant les deux mains le long de son visage comme par agacement. Je dois rencontrer Kim à tout prix. Où se trouve-t-il actuellement ?
- Il est à Madrid, il négocie avec les importateurs locaux une grosse commande. Tu peux toujours en discuter avec lui. Mais cette somme, il faudra la payer, que tu le veuilles ou non.
Sinon, comment vont les affaires ?
- Tu me connais, j'assure. On s'agrandit. On couvre 30 % de China Town cette année, c'est pas mal mais ça ne suffit pas. Il faut produire plus et plus vite pour faire face à ces pourritures de mafieux d'Italiens. Je dois parfois faire pression auprès de certains revendeurs. J'ai ma propre technique pour ça. Lorsqu'un Chinois refuse ma marchandise, je le menace de le renvoyer lui et toute sa famille dans son pays en 'Boat People'.

Olivier n'écoutait pas Jean-Charles. Le visage couvert de sueur, il tremblait des mains.

Faut que je passe aux chiottes, je reviens tout de suite.
Se levant rapidement, il partit de vive allure en direction des toilettes.

Durant quelques instants, Jean-Charles se sentit trop sonné pour savoir quoi penser. Son cerveau demeurait curieusement vide comme s'il était incapable de comprendre la situation. Soudainement, le doute s'empara de lui.

- Non, Olivier ne me mentirait pas, murmura-t-il tout bas avec conviction.

Confus, cherchant des réponses à ses questions, il profita de l'absence de son ami pour fouiller les poches de son blouson. Il voulait trouver la trace de ce virement bancaire qu'il avait soi-disant effectué à Kim.

Les lumières étaient maintenant tamisées afin de conférer une ambiance plus chaleureuse. Des spots de couleur bleue, rouge venaient éblouir Jean-Charles qui fit le tour de la table pour atteindre le blouson d'Olivier. Les effets utilisés par le DJ laissaient à penser que la scène se passait au ralenti.
Jean-Charles introduisit sa main dans la première poche du manteau.
Il ne put en croire ses yeux.
Il découvrit un gros sachet en cellophane rempli de cocaïne jusqu'à ras bord.
Pris par l'étonnement, il se lança sans tarder à la recherche des autres poches. Il découvrit le reçu bancaire qui venait confirmer le témoignage de son ami. Mais dans la même poche, il trouva un autre sachet de cocaïne semblable au précédent.
Jamais de sa vie il n'avait vu autant de poudre blanche.

Debout, immobile, il ne comprenait pas. En aucun cas, il n'aurait pu imaginer que son ami se droguait.
La rage l'envahit, la puissance de la musique ne fit qu'augmenter son mal.
Furieux, il s'élança à son tour vers les toilettes en renversant sur son passage toutes les personnes lui faisant face. Il traversa la piste de danse d'un air déterminé, fixant le fond de la salle comme si le reste de son entourage n'existait pas.
Ouvrant violemment la porte d'entrée des toilettes, il chercha du regard son ami. Il n'y avait personne. Il défonça à coups de pied la première porte, puis la deuxième et enfin, la troisième…
Son ami était assis sur la lunette des toilettes. Dans la brutalité de l'action, Olivier avait fait tomber son sachet sur lui-même.
La vision qu'avait Jean-Charles de son ami était déplorable. Son visage était recouvert de poudre. Il en avait partout sur sa chemise et son jean. Le sachet avait dû lui tomber dessus au moment où Jean-Charles pénétra avec force.

- Ce n'est pas ce que tu crois, tu ne comprends pas… A peine Olivier eut-il le temps de terminer sa phrase que Jean-Charles le prit par le col, le traîna et l'écrasa contre le mur.
- Ca fait plus de 10 ans que je te connais, du moins, que je pensais te connaître. Tu te défonces depuis quand ? Comment puis-je faire confiance à un

junkie comme toi ??
- J'ai des problèmes mecs, de gros problèmes… Je voulais t'en parler plus tôt mais je ne savais pas comment m'y prendre… Des types me recherchent et veulent me faire la peau…
- L'argent que tu me réclamais tout à l'heure, c'était pour financer tes plans cames ??
- Non, pas du tout ! Je ne mentais pas mais je dois te parler… Je me sens mal, rentrons chez moi, je vais tout t'expliquer, marmonna Olivier complètement défoncé.

Durant quelques instants, Jean-Charles se perdit dans ses pensées. Fixant son ami dans les yeux, son visage se décontracta progressivement.
Il finit par le prendre par l'épaule avant de sortir de la boîte.
Une fois dans la voiture, Olivier s'exclama :
- C'est bon, je peux me débrouiller tout seul, t'es un vrai pote, tu sais.
Mais Jean-Charles ne répondit rien à cette remarque, il se contenta de prendre le volant de son 4x4 après avoir fait signe au videur de libérer le passage du parking.

Ils prirent la direction du New Jersey où Olivier vivait dans un immense loft en compagnie de sa maîtresse, absente pour la semaine.
Jean-Charles aimait conduire de nuit et retrouver cette solitude, cette course nocturne à travers le vide, le vrombissement de la route contre sa peau.
Lorsqu'il conduisait, il avait la sensation d'avoir la maîtrise. Ce n'était pas le cas de sa vie en général.

- Je crois qu'on est suivi, dit avec calme Jean-Charles à son ami lorsqu'ils traversèrent le pont du New Jersey.
Enfoui au fond de son siège, Olivier ne prêta pas attention aux paroles de Jean-Charles.
- Une Mercedes noire, SLK coupée, vitres fumées avec une plaque de Floride, ça te dit quelque chose ? Demanda Jean-Charles à son ami.
Olivier reprit soudainement connaissance et se redressa subitement, sortant un magnum de son pantalon.
- Wow, qu'est-ce que tu fais avec ça ? Range ça tout de suite.
C'est de mieux en mieux, après la came, le flingue, j'apprends vraiment à découvrir qui tu es.
- Accélère ! Dépêche-toi. Prends à gauche deux fois, on va essayer de les semer.
- Tu connais ces mecs-là ? Qui sont-ils ?

La Mercedes accéléra jusqu'au point de percuter la voiture des deux amis.
- Nom de dieu ! Accélère je te dis, vite !! Ces mecs sont après moi, ils veulent ma peau !

Avant que Jean-Charles ne puisse poser une seule question parmi la dizaine qui parcourait son esprit, un homme tira deux coups de feu venant percuter les sièges arrière du 4x4 explosant ainsi la vitre.
- C'est quoi ce bordel ?! Sortit Jean-Charles qui perdait peu à peu le contrôle de la voiture.
- Contente-toi d'accélérer, c'est comme au cinéma mais sans doublure ! Yeahhh !
Olivier se pencha à la fenêtre afin de viser et abattre la voiture adverse. Mais rien à faire, avec la dose de came qu'il avait sniffée et le manque de visibilité dû à la nuit, ses tirs ne servaient à rien et venaient mourir loin de sa cible.
La Mercedes donna un gros coup d'accélération venant percuter de côté le 4x4. Ce coup fatal entraîna la chute de la voiture qui se renversa quelques mètres plus loin sur le bas-côté.

Le 4x4 renversé, la roue continuait à tourner dans le vide.
Un homme sortit de la voiture qu'on ne pouvait à peine distinguer. Allongé dans une marre de sang, Jean-Charles ne pouvait plus bouger.
L'individu s'approcha progressivement. D'un geste lent, il arrêta la roue à l'aide de son revolver qui cessa de tourner comme si la vie des deux compagnons allait également s'arrêter.
Situé à ses côtés, Olivier était en vie. Incapable de bouger, Jean-Charles ne pouvait atteindre sa ceinture de sécurité afin de s'échapper. Il était pris au piège. Pourtant, il y avait ce revolver. Placé juste devant lui, il n'avait qu'à l'atteindre et tirer, tout se terminerait bien.

L'homme avança, se retrouvant face à Olivier.
Deux coups de feu résonnèrent.
Il venait de le descendre.

Jean-Charles ne pensa pas à son ami. Il pensait à lui, à sa vie, à la mort. S'en était fini pour lui.
Allongé dans une marre de sang, il pouvait apercevoir de côté la silhouette de l'homme. Il était suffisamment lucide pour prendre conscience de sa mort prochaine. Il se dit qu'il aurait préféré y passer plus tôt durant l'accident de voiture afin de ne pas avoir à supporter cet instant de souffrance physique et

morale.

Ecrasant de toutes ses forces les lunettes Dior qui traînaient à ses pieds, le tueur était maintenant face à Jean-Charles.

Il pouvait maintenant ressentir le froid du canon appuyé sur son front.
Ce n'est pas possible, se dit-il. Cela ne pouvait pas être sa dernière sensation.
Il n'y avait aucune échappatoire. Personne ne viendrait le sauver au dernier instant. Aucun proche, famille ou amis. Tous l'avaient abandonné.

- Pathétique, se mit à dire le tueur.
La nuit était fraîche mais il tremblait de peur.
L'homme retira le canon de son crâne, Jean-Charles entendit craquer une allumette et sentit par la suite une odeur de tabac.
L'homme se mit à ricaner et se pencha afin de chuchoter à l'oreille de Jean-Charles :
- Ce n'est pas ton tour aujourd'hui, mais ça ne saurait tarder.
On se reverra… mon ange…

Chapitre VI
BLACK-OUT

- Monsieur de Cantenac, m'entendez-vous ? Je suis l'agent Fox et voici mon partenaire, l'agent Angel, nous appartenons à la DEA.
Les yeux à moitié collés, Jean-Charles pouvait vaguement distinguer les deux silhouettes qui lui faisaient face.
Sa tête tournait comme s'il venait de sauter d'un manège en marche.
- Vous rappelez-vous de ce qui vous est arrivé Monsieur de Cantenac ?

On aurait dit que le monde entier lui était tombé sur la tête, comme s'il était à côté de son corps, comme s'il échappait à tout contrôle, ce qu'il avait tant évité jusqu'à présent.
Toute sa vie, il avait fait en sorte de maîtriser son destin. C'est pourquoi il s'était tellement endurci. Mais au final, il se retrouvait seul au fond d'un lit d'hôpital à son insu.

- Heuu, oui. Mon dieu, OU EST Olivier ? Cria-t-il.
Lorsqu'il posa la question, la scène de l'accident lui revint en tête. Il se remémorait la scène, impuissant, allongé à côté de son ami, avant que...
- On l'a tué de deux coups de revolver. Deux dans la tête pour bien s'assurer de sa mort. Il devait avoir de gros soucis ! S'exclama l'agent Fox avant de reprendre : Mais vous, Monsieur de Cantenac, vous. Aucun impact de balle, aucune trace de coups physiques alors que vous étiez assis à côté de lui, comment expliquez-vous cela ?
Jean-Charles n'éprouva aucun sentiment de tristesse lorsqu'on lui confirma la mort de son ami. Aucune larme, aucune émotion. Pour une fois, il ne comprenait pas sa froideur, cela lui faisait peur, il aurait aimé être ému, mais rien.
- Je... Je... Je ne comprends pas. Il y avait cette voiture qui nous suivait, elle nous a percutés. J'ai perdu le contrôle, on s'est renversés et là... plus rien. Je me suis évanoui et ne me rappelle de rien d'autre...

Jean-Charles s'attendait à ce que les agents lui parlent de la drogue trouvée sur

Olivier mais à aucun moment, ils ne soulevèrent le sujet. Le tueur avait dû rafler les sachets et nettoyer la scène avant de disparaître.
- la DEA ? Pourquoi la DEA est-elle impliquée dans ce genre de dossier, n'est-ce pas du ressort du FBI, la police fédérale ?
- Ne vous inquiétez pas Monsieur de Cantenac, mon collègue et moi repasserons plus tard. Tâchez de vous reposer, puis les agents Fox et Angel claquèrent la porte, amplifiant ainsi le mal de crâne de Jean-Charles.

Que penser de tout cela, mille questions parcouraient son esprit. Il se demandait ce que son ami voulait lui dire d'important. Mais il était mort avant de pouvoir parler…
Cette histoire de tueur ne tenait pas la route. Pourquoi l'avoir laissé en vie ?
Jean-Charles eut un frisson lorsqu'il se rappela le dernier mot qu'il entendit avant de s'évanouir… « Mon ange ».
Sa mère ne pouvait pas être de mèche avec cette bande d'assassins, elle ne pouvait pas être mêlée à un trafic de drogue, ce n'était pas possible.
Ils devaient l'espionner chez lui à l'aide de micros dissimulés. Mais pourquoi ? Pourquoi chez lui, il n'était pourtant mouillé à aucun trafic de ce genre…
Il devait à tout prix savoir.
Se relevant dans la douleur, il plaça son dos contre le dossier de son lit et prit le téléphone avec un élan de courage, il composa le numéro de son domicile.
- Mère ? C'est Jean-Charles à l'appareil, je vais bien. Je voulais vous demander…
- JEAN-CHARLES !! Hurla Madame de Cantenac.
Ordure de fils ! J'ai découvert ton petit jeu. Un certain Cunningham m'a téléphoné hier et m'a tout raconté. Il m'a réclamé 20.000 dollars en plus de tout l'argent que je t'ai donné !
Moi qui t'ai élevé avec amour, moi qui t'ai porté quand tu étais dans mon ventre. Tu as osé me mentir pour parier aux courses l'argent que je te donnais !!
- Mère, je…
- C'est terminé ! C'est fini ! Je ne veux plus jamais entendre parler de toi. Tu déshonores la famille… Si ton père te voyait… Tu ne vaux pas mieux que lui !
Puis Madame de Cantenac raccrocha, laissant Jean-Charles sans voix au fond de son lit d'hôpital.
Cette conversation n'avait pas pris la tournure espérée.
De façon quasi prévisible, il se mit à imaginer ce qu'il allait devenir.
Il ne pouvait toucher un centime de l'héritage de son père et sa mère venait de lui couper les vivres. L'argent, qui était son appétit de puissance lui était maintenant interdit.

Il se retrouvait à zéro, et tout avait maintenant disparu. Car même le plus minuscule zéro était un grand trou de néant, un cercle assez vaste pour contenir l'univers chaotique dans lequel il se trouvait.

Les trois jours d'hospitalisation lui coûteraient très cher. Il connaissait le système de santé américain et son compte en banque en souffrirait. Au mieux, il lui resterait quelques milliers de dollars d'économie grâce à l'activité liée au trafic de téléphones. Cela lui permettrait de vivre quelques mois de manière modeste. Il se demandait s'il pourrait vivre comme les « petites gens » comme il s'amusait à déclarer dans le passé. Cette idée lui donnait des frissons, mais il fallait avancer et venger la mort de son ami.
La première chose serait de se rendre à Madrid. Son ami et associé Kim était sur place depuis quelques jours, il devait s'y rendre au plus vite pour lui demander des explications.

Toute l'énergie qu'il s'était efforcé de créer en lui s'était évaporée en quelques instants.
Sa puissance intérieure et sa domination sur les autres ne lui avaient pas servi.

En se relevant de son lit d'hôpital, il dut se rendre à l'évidence :
Jamais, en réalité, il n'avait pu être maître de sa propre vie.

DEUXIEME PARTIE : MADRID

Chapitre I
Aéroport de Barajas
1er mai
11H44

L'avion qui entamait sa descente vers l'aéroport de Barajas rappela à Jean-Charles un de ses pires souvenirs. Il comparait cette chute du ciel à la période attribuée à la descente d'une drogue qu'on lui avait une fois fait gober à son insu.
Après avoir arnaqué une de ses connaissances, ce dernier lui administra une dose de LSD de 50 microgrammes en guise de vengeance.
Jean-Charles avait beaucoup de défauts, mais il avait toujours refusé de toucher à la drogue. Il avait trop vu son père dans des états de transes. Il devenait dangereux dans ces moments-là allant jusqu'à battre Jean-Charles au sang sans aucun motif alors qu'il n'était qu'un jeune enfant.

Son arrivée imminente à Madrid provoqua cette sensation de descente, comme s'il ne savait plus où il se trouvait, où il devait se rendre, quel chemin emprunter, quelle direction donner à sa vie.
Les molécules du LSD agissent directement sur le cerveau ; elles y entraînent des troubles divers, l'image qu'on a de soi se bouleverse.
Jean-Charles, assis au fond de son siège, les yeux fermés, avait l'impression que ses membres se séparaient de son tronc, que son corps flottait dans l'espace.
L'altération du temps, le passé et le présent se fondaient comme si le temps s'était arrêté.

Le voici maintenant arrivé à la période «flash back» où l'organisme n'assimile plus la totalité du produit comme si lui-même ne pouvait plus assimiler ce qui lui arrivait.
Cela consiste en des particules fixées dans l'organisme se détachant, provoquant un voyage imprévu et incontrôlable.

Ce voyage, qu'il vivait actuellement, était comme une sensation de cauchemar. Les yeux fermés, accroché à son siège, il imaginait les murs de l'avion se déformer. Désirant ouvrir les yeux pour vérifier qu'il ne faisait que délirer, il vit dans son verre de vin le liquide palpitant comme un cœur qui bat. Lorsqu'il chercha un regard afin de se rassurer, les visages lui apparaissaient comme des masques grotesques, colorés. Il ressentait une lourdeur à la tête, au niveau des membres, de son corps, et des crampes aux jambes.

Il se remettait difficilement des événements qui lui étaient arrivés. Pourquoi n'avait-il rien ressenti à la mort de son ami ? Il aurait aimé pouvoir pleurer. Il se forçait à repasser dans sa tête les images du drame mais rien n'y changeait. Cet état ne fit qu'augmenter sa douleur intérieure.
Le fait de se retrouver dans cet avion, en transition, entre deux mondes, deux univers, lui donna une sensation de malaise supplémentaire.
Il ne savait pas du tout comment Kim allait réagir face à la mort de leur ami. Peut-être allait-il l'accuser lui-même d'avoir orchestré l'homicide et dans ce cas, si les deux amis venaient à se disputer, il n'aurait plus rien. Le trafic qu'ils menaient était tout ce qui lui restait, il devrait faire preuve de diplomatie.

Le bruit des roues de l'avion heurtant le sol fit reprendre connaissance à Jean-Charles comme si cet état passager n'avait été qu'un mauvais moment à passer.
- Bienvenido a España. La temperatura es de 22 grados.

- Enfin une bonne nouvelle ! S'exclama Jean-Charles au moment où il desserra sa ceinture de sécurité. Ces quelques mots qu'il prononça tout seul lui permirent de se libérer de sa divagation comme s'il reprenait contact avec le monde, avec l'extérieur. Les traits de son visage s'étaient creusés, il ressemblait à un cadavre. Ce vol vers l'inconnu avait été pour lui une véritable descente aux enfers et il ne désirait pas rester un instant de plus dans cet avion, comme s'il n'était pas encore prêt à affronter la situation dans laquelle il se trouvait actuellement.

Se levant à toute vitesse, il ramassa son sac dans le casier à bagages et se dirigea vers la sortie à toute allure. Il ne se gênait pas pour bousculer les passagers.
Il entendit quelques grognements en espagnol qu'il ne pouvait comprendre, mais dont il imagina très bien la signification. Cela lui était égal tant qu'il pouvait atteindre la sortie.
Alors qu'il était sur le point de quitter l'avion, un dernier obstacle se dressa

face à lui, un obstacle de taille.
Une jeune blonde se trouvait devant lui, elle venait d'accrocher malencontreusement son sac à main à l'accoudoir d'un siège. La délicatesse avec laquelle elle tenta de se détacher donna à Jean-Charles une agréable sensation. La féminité qui se dégagea de sa personnalité lui plut aussitôt.
Il assistait à la scène avec délectation et beaucoup de plaisir. Son mal-être commençait à se dissiper, il prenait conscience qu'il redevenait comme avant.
Il retrouvait petit à petit son assurance et sa confiance.
Désireux de découvrir le visage de cette jeune demoiselle, Jean-Charles s'élança :
- Permettez-moi de vous aider, dit-il d'une voix rauque, le regard pétillant.
Avec beaucoup de délicatesse et de lenteur, il décrocha sans peine le sac.
Avec un air de soulagement, elle répondit :
- Je ne sais pas comment vous remercier. Serais-je mal élevée en vous demandant un peu d'aide pour porter mes valises ?
La beauté de cette femme subjugua Jean-Charles, surpris par un tel accueil.

Il ne désirait pas montrer sa souffrance lorsqu'ils franchirent tous deux la douane espagnole. Les deux valises qu'il récupéra étaient tellement lourdes qu'il avait l'impression que ses bras allaient se détacher de son corps d'un instant à l'autre.
Il s'efforçait de ne pas grimacer, de ne pas extérioriser sa douleur.
Que pouvait bien contenir ces valises ? Se demanda-t-il. Peut-être que cette femme venait de divorcer et refaire sa vie en Espagne, loin de tout.
Elle ne portait pas d'alliance. Elle devait être partie sur un coup de tête, Jean-Charles en était convaincu.

- Quel est l'objet de votre visite à Madrid ? Demanda-t-il.
- J'emménage avec mon fiancé. Il a été muté il y a de cela quelques mois.
Le temps de régler quelques problèmes en France et me voilà à Madrid pour une nouvelle vie !

Jean-Charles esquissa un nouveau sourire en coin.
Peu importe l'existence de ce type, il avait déjà fait succomber plus d'une femme mariée.
Plus le challenge était important, plus cela l'excitait.
Il aimait ça, tenter de conquérir une femme quasi intouchable, amoureuse d'un autre.
Il était capable d'y passer des mois s'il le fallait, utilisant différentes 'tactiques' redoutables qu'il avait mises au point. La plupart du temps, il se faisait passer

pour un amoureux passionné, promettant de se consacrer corps et âme à la relation.
Mais une fois la bataille remportée, une fois que la femme avait succombé, il détournait son chemin et s'attaquait à des paris qu'il se lançait encore plus impossibles et plus excitants.
Une fois son objectif atteint, il n'avait aucun scrupule à délaisser sa conquête la laissant ainsi se noyer dans ses larmes.

- Et vous, que faites-vous à Madrid au juste ? Questionna la jeune fille à Jean-Charles.
Le premier contact est toujours le plus important, le plus délicat à gérer. Comme lors d'une partie d'échecs, il avait appris à anticiper les coups et lui répondit avec assurance :
- Je suis un homme d'affaires international pour le compte d'une entreprise de renom mondial spécialisée dans le domaine des logiciels de gestion.
Je reviens de New York où j'ai rencontré de gros clients. J'ai eu un changement d'avion à Paris.
- Je vois, et vous êtes…
- Jean-Charles, Jean-Charles de Cantenac. Quant à moi, à qui ai-je l'honneur ?
- Appelez-moi Leila. Je suis franco-espagnole. Et vous ? Vous êtes originaire de Paris ?
- Pas tout à fait. J'habite Neuilly-sur-Seine mais je compte bien m'installer quelque temps en Espagne.
Jean-Charles savait qu'il devait jouer la carte de la stabilité, lui dire qu'il voyageait sans cesse, tel un vagabond du monde, eut été une erreur fatale. Il devait soigner son approche.
- Neuilly ! Vous êtes de la banlieue ! Dans le 9-2 ! Dit Leila avec un large sourire.
Jean-Charles ne prêta pas attention à sa remarque. Il était totalement envoûté par sa beauté.
Il lui était impossible de quitter du regard cette jeune fille sortant de nulle part.
Il n'avait jamais ressenti une telle sensation.

Il se posa de nombreuses questions concernant le hasard extraordinaire de cette rencontre et l'influence qu'elle pourrait avoir sur son existence.
- J'ai démissionné de mon poste à Paris afin de construire une nouvelle vie ici, se mit à dire Leila.
Jean-Charles en déduisait qu'elle aurait beaucoup de temps libre, ce qui lui permettrait de pouvoir rapidement se rapprocher d'elle.

Mais il devait agir vite. Il devait s'imposer très rapidement et ne pas laisser le temps à Leila de s'installer, de prendre ses marques avec son ami actuel.
- Nous y voilà, merci infiniment pour votre aide. Je vous souhaite un bon séjour à Madrid et beaucoup de réussite dans votre travail.
- Attendez, vous n'allez pas partir comme ça ! Puis-je au moins prendre votre numéro de téléphone ?
Au cas où je rencontre un problème de traduction…
Leila s'immobilisa et marqua un temps d'arrêt. Son attitude montrait sa détermination et sa position catégorique :
- Ecoutez, mon futur mari se trouve derrière cette porte. S'il me voit sortir avec un inconnu, je doute qu'il apprécie. Peut-être qu'un jour, nos chemins se recroiseront. En attendant, je dois vous laisser, on m'attend. Ravie d'avoir fait votre connaissance M. de Cantenac.
Ramassant ses deux valises avec plein de vivacité et d'assurance, la belle jeune femme prit le chemin de la sortie. Cette arrivée était vécue par Jean-Charles comme un départ le déchirant.
La porte coulissante se referma lentement derrière Leila comme si cela signifiait la fin de tout espoir pour Jean-Charles de la revoir.

Plus rien n'allait plus pour lui, même avec les femmes. Cette fougue qui était en lui depuis des années, était-elle arrivée à terme ? Que pouvait-il bien se passer depuis quelque temps pour que tout tombe à l'eau ? Il y avait d'abord eu la mort soudaine de son père, puis sa mère le rejetant, Cunningham qui se retournait contre lui et la mort de son ami avec ce tueur aux trousses. Comble de tout, sa redoutable séduction auprès des femmes l'aurait abandonné.
Il devait réagir, reprendre le dessus, maîtriser sa vie et décider lui-même de la direction à lui donner.
Il avait besoin d'aide, il le savait sans vouloir l'admettre. Kim, son ami de toujours allait pouvoir lui être utile, il savait qu'il pourrait compter sur lui.

- Merci d'être venu me chercher, ça me fait plaisir de te revoir après tout ce temps ! Dit Jean-Charles à Kim, venu accompagner de son fidèle garde du corps.
- C'est normal mon ami, je n'allais pas te laisser faire la queue pour les taxis. Je sais à quel point tu détestes ça ! Se mit à dire Kim avec un petit accent asiatique.
- Carter, débarrasse Jean-Charles de son sac et mets-le dans le coffre de la voiture.
Le garde du corps de Kim s'empressa d'agir, c'était un Asiatique avec un physique impressionnant.

- Aston Martin DB9, moteur V12, 450 chevaux, 6000 tours/minute, 4 soupapes par cylindre. Je vois que les affaires marchent bien ! Dit Jean-Charles avec amusement.
- Intérieur cuir, navigation par satellite, Gps intégré, contrôle assisté et j'en passe ! Enchaîna Kim avec arrogance.

Kim était un Asiatique différent des autres. De grande taille et plus costaud que la plupart d'entre eux, il avait un côté excentrique que l'on retrouve rarement chez cette population.
Il avait connu une enfance difficile. Né dans le Sud-ouest du Cambodge, d'une famille de paysans, il était le troisième enfant d'une famille qui en comprenait quatre. Deux de ses frères furent tués au combat durant les affrontements avec les Khmers rouges.
Ses parents avaient alors tenté de fuir le pays et la folie meurtrière animant les Khmers. Sa mère et sa petite sœur périrent durant le voyage sur le 'Boat People' qui les transportait alors qu'ils étaient sur le point d'atteindre la côte thaïlandaise. Son père avait décidé de rester pour combattre et libérer son pays des Khmers. On dit qu'il avait péri dans la jungle mais il n'a plus jamais entendu parler de lui après cela.
Par miracle, Kim avait finalement réussi en quelques mois à rejoindre la France où on le plaça dans un orphelinat.
Jamais personne n'avait su comment il avait fait pour traverser tant de frontières et de pays à un âge aussi jeune.

Ce garçon ne se confiait pas. Il refusait de parler de son enfance, de ses parents, de ses origines… Mais Jean-Charles devinait toutes les souffrances qu'avait dû encourir son ami. Il pouvait les imaginer dans le regard impitoyable de Kim. Ce garçon était devenu un Homme très tôt, cela se sentait dans son comportement. Il était parti de rien et s'était fait tout seul. La seule trace qui lui restait de son enfance était cette cicatrice sur sa joue droite. Cela venait ajouter au personnage un côté aventurier renforçant son autorité.
Jean-Charles aimait travailler avec Kim. A eux deux, ils dégageaient une force dévastatrice.

Il le connaissait depuis longtemps. Il se rappelait la première fois qu'il l'avait rencontré.

Ils devaient avoir 14 ou 15 ans. Ils s'étaient battus dans une boîte de nuit pour une fille dont le père était un acteur très connu. Les deux garçons s'étaient affrontés sur la piste de danse tels deux gladiateurs dans une arène. La violence des coups était impressionnante pour des garçons de leur âge. Durant cette soirée, Kim décrocha une droite envoyant Jean-Charles KO, le propulsant deux mètres en arrière. Il se rappelait de la force de son ami et la haine qui l'animait au moment des faits.

A terre et sonné par un tel coup, Jean-Charles ne pouvait plus se relever, il était inactif et incapable de repartir au combat. Il assista néanmoins à une situation qui le marqua.

Kim se situait au milieu de la piste brandissant les bras en l'air tel le vainqueur d'un combat de boxe. La foule était déchaînée, les personnes s'étaient écartées des deux combattants afin de les entourer comme dans un stade. Kim était aussi dans un état second.

Le videur voulu intervenir afin de maîtriser la situation. Il se jeta sur Kim qui ne se laissa pas faire. Contournant le videur en utilisant sa vitesse, il le prit par l'épaule et lui décrocha une droite identique à celle qu'il avait donnée à Jean-Charles quelques instants plus tôt. L'homme se retrouva lui aussi à terre, dans le coin de la piste opposé à Jean-Charles.

Quel délire, se rappelait-il, un gamin de 15 ans mettant à terre un videur faisant deux fois sa taille et son poids ! Il était fasciné par la force de son ennemi et par le courage qui l'animait.

Mais Kim n'eut pas le temps de savourer sa victoire que deux hommes se jetèrent sur lui pour le plaquer au sol.

Peu importe la fille, il savait ce soir-là qu'il se ferait un nouvel ami.

- Comment s'est passé ton voyage ? Demanda Kim en montant dans son bolide.
- Horrible, j'étais en seconde, t'imagines ! J'ai eu quelques problèmes ces temps-ci. Je t'en parlerai plus tard. Mais j'ai d'abord besoin d'un bon bain chaud, d'un gros cigare et d'un bon Champagne !
Ca ne te dérange pas si je dors chez toi quelques jours ? Le temps qu'on résolve ensemble quelques problèmes.
- No problem, j'ai prévu pour toi le nécessaire. Tu es ici chez toi.

Les deux amis parcouraient l'autoroute en direction du centre. Jean-Charles était étonné de voir que l'aéroport se trouvait si proche du centre-ville.
- La ville n'est pas très grande mais très animée, tu n'imagines pas l'ambiance !

Oublie la France, oublie les Etats-Unis, tu es ici dans LE pays qui bouge.
Le premier contact avec Madrid était le bon.
A peine Jean-Charles était-il arrivé qu'il fût animé d'un sentiment de bien-être.
Ils traversèrent la ville d'Est en Ouest. Jean-Charles découvrit tour à tour le palais royal, le mythique stade Santiago Bernabeu, la place d'Alonso Martinez. Ils finirent par traverser le quartier étudiant 'Tribunal' avant d'atteindre la rue San Bernardo où se trouvait son appartement.
Contrairement à la plupart des immeubles construits au milieu des années 60, celui de Kim était flambant neuf. Situé en plein milieu de la capitale, son emplacement justifiait son prix exorbitant.
Tout le quatrième étage lui appartenait. Il se rendait régulièrement à Madrid pour affaires. Il avait réussi à négocier le meilleur contrat possible avec le propriétaire précédent, un diplomate espagnol de renom. Son activité illégale lui permettait d'avoir quelques contacts haut placés au sein du gouvernement espagnol, il en profitait de temps à autre.

Bien installé dans son siège en cuir, Kim prit la parole :
- Tu n'as pas l'air au meilleur de ta forme, que t'arrive-t-il Jean-Charles ?
Les affaires vont mal à New York ?
- Les affaires se portent bien. Je maîtrise le marché français qui se développe de jour en jour, il y a beaucoup à faire, beaucoup à gagner.
Tu connais ma devise :
Les affaires, c'est simple, c'est l'argent des autres !
Mon problème n'est pas lié au business, du moins je ne pense pas.
Comment dire... J'ai passé récemment quelque temps à l'hôpital...

Jean-Charles faisait exprès de laisser durer le suspense et paraître ému par les événements tragiques ayant eu lieu, il ne voulait pas que Kim le soupçonne du meurtre. Il voulait également observer la réaction de son ami.

- ...Olivier est mort. Il s'est fait tuer à New York de deux balles dans la tête, à bout portant. J'ai failli y passer aussi mais je n'ai été que légèrement blessé...
Dit Jean-Charles regardant Kim avec des yeux de chiens battus.
Kim resta silencieux quelques secondes, comme s'il était perdu dans ses pensées. Comme Jean-Charles, c'était un homme stoïque ne laissant pas transparaître ses émotions.
Quelques longues secondes passèrent avant que Kim ne reprenne la parole :

- Que s'est-il passé exactement ?

- Je ne sais pas. J'étais avec lui ce soir-là. Il me racontait les problèmes que tu rencontrais au Cambodge, qu'il fallait augmenter l'apport en capital afin de financer le cachet du chef de la police ayant découvert le business de téléphones. Avant de se faire tuer, je me suis rendu compte qu'Olivier prenait de la coke ! Plus de 500 grammes sur lui, t'imagines ?! C'est vraiment bizarre, cela ne lui ressemblait pas. Il avait toujours refusé de toucher à cette merde…
Par la suite, on s'est fait pister par des mecs qui nous ont rattrapés et qui l'ont liquidé devant mes yeux, totalement impuissants face à la situation.
- Tu veux dire que tu étais là et que tu as assisté à toute la scène ?? As-tu reconnu un des hommes en question ?
- Impossible. J'étais à moitié dans les vapes, je l'ai juste aperçu et me suis évanoui.
Toi qui passais du temps avec Olivier, tu as une idée de ce qui a pu lui arriver ?
- Je sais qu'il avait quelques dettes non réglées auprès de diverses fripouilles.
Il me confiait certains de ses problèmes mais pas tous…
J'ai un homme que je vais mettre sur l'affaire au plus tôt, c'est un professionnel très efficace.
On va vite retrouver ces enfoirés.
Mais maintenant qu'il ne reste que nous deux, ça va être difficile de gérer le business. On va devoir passer plus de temps en Espagne.
Je ne peux pas laisser l'usine tourner seule… Je dois être sur place au Cambodge pour gérer la police et l'exportation.
Dans tous les cas, il va falloir revoir la stratégie et les statuts du contrat en fonction de cette malheureuse nouvelle.
Je les ferai parvenir dans la soirée, ne t'inquiète pas pour ça.
- Je donnerai n'importe quoi pour retrouver les fumiers qui l'ont tué !
Rétorqua Jean-Charles.

Il se rendait compte qu'il avait fait le bon choix en venant directement à Madrid. Son ami était prêt à l'aider.

- Sinon, comment se passe le business ici à Madrid ?
- Très bien, on n'arrête pas de gagner des marchés. On est présents partout sur Fuencarral et sur Gran Via. Il faut absolument s'occuper de l'agrandissement au plus tôt. Pour cela, j'ai besoin d'avancer, de débloquer la situation au Cambodge et d'arroser le chef de la police.
As-tu transféré l'argent nécessaire ?

- Je m'en suis occupé avant de partir, ne t'inquiète pas pour ça.
- Parfait. On doit faire attention à ne pas se laisser dépasser par la mafia chinoise, ces foutues triades qui ne cessent de grandir et de recruter parmi la forte minorité locale originaire de l'empire du milieu. Leurs contrefaçons sont presque parfaites, même les douaniers se font avoir !
On doit profiter de la croissance, tu sais que les exportations ont doublé l'an dernier avec une production illégale estimée à près de 300 millions de galettes !
- Oui, je sais. Ce n'est pas à moi que tu vas apprendre le métier.

Jean-Charles eut le sentiment que Kim avait changé. Il le connaissait excentrique, mais il ne l'avait jamais ressenti autant opportuniste. Maintenant, il pensait « grand ».
Mais peu importait, tant que le business pouvait rapporter plus d'argent, car il en avait besoin plus que jamais.
Il avait d'ailleurs décidé de ne pas s'attarder sur ses problèmes personnels.
Il fallait mieux que Kim ne soit pas au courant.

- J'aimerais me reposer quelques jours avant de discuter sérieusement. J'ai besoin de repos entre l'accident et le jet lag. Ça me permettra de découvrir la ville et les différents secteurs que l'on couvre.

Une ambiance différente régnait à Madrid, Jean-Charles en était persuadé.
La chaleur humaine se ressentait partout, surtout dans les tavernes, à table. Impossible de ne pas crier dans ces lieux où chacun faisait en sorte de parler plus fort que son voisin. Les gens l'accostaient régulièrement, l'invitant à prendre part à la conversation. Il ne comprenait pas l'espagnol et en était au départ ravi. C'était un prétexte pour ne pas se mélanger avec le peuple, la 'populace'.
Malgré tout, il s'était étonné de vouloir rentrer à plusieurs reprises dans une conversation.

Ces dernières lui paraissaient tellement passionnées, vivantes, qu'il se surprit lui-même.

Plusieurs jours passèrent, Jean-Charles ne s'ennuyait pas. Le temps y était aussi pour quelque chose. Jamais de pluie, toujours du soleil. Cela avait une véritable influence sur lui.
Son ami Kim le sortait et lui offrait tout ce dont il avait besoin. Il retrouvait enfin la facilité de vie qu'il avait connue si longtemps.

Malgré tout, il ne se sentait pas en tranquillité. Il déambulait dans les rues de Madrid avec une certaine inquiétude et un certain mal-être qu'il ne pouvait identifier. Il s'était promis de changer lors de son accident mais en réalité, il n'y parvenait pas. Tout lui paraissait fictif. Son accident, la mort de son père, ses délires, Madrid… tout lui parut complètement irréel. Il devait rester sur ses gardes.
- Nous voici arrivés à Fuencarral, la rue la plus commerçante de la capitale. Tu es ici en territoire conquis. Je te laisse faire un tour, je dois rentrer pour récupérer le courrier au sujet du contrat, on se voit plus tard, cuidate.

Le départ de Kim permettait à Jean-Charles de se balader dans les rues. Il en profita pour accoster un de ces vendeurs de téléphones.
L'homme, sans le savoir, allait s'adresser à son employeur.

- Bonjour, vous parlez français ?
- Salut mon ami, bien sûr que je parle français ! Je suis originaire du Sénégal. Qu'est-ce que tu veux ? J'ai le dernier Avengers ou Fast & Furious en version longue, boîte cartonnée, avec titre imprimé en relief et hologramme de sécurité pour toi ! J'ai des Apple, Samsung, Huawei, etc..
Regarde cette qualité mon ami, ça vient tout droit d'Allemagne ! Assura le courrier.
En réalité, il s'agissait de copies d'excellente qualité « Made in Cambodia », Jean-Charles le savait pertinemment.
Les contrefaçons malaisiennes et cambodgiennes, quelles qu'elles soient, sont presque parfaites et réputées dans toute l'Asie, même les douaniers se font avoir.
- Seuls les tarifs, ridiculement bas pour toi mon ami, permet de les distinguer des originaux que tu vas acheter cinq fois plus cher dans le magasin en face !
- Tu es originaire du Sénégal ? Vous nous avez battus durant la dernière coupe du monde ! Se mit à dire Jean-Charles avec un large sourire hypocrite qui essayait de gagner la confiance du pauvre Sénégalais afin de lui soutirer quelques informations.
- Les lions indomptables du Sénégal ! Quelle équipe !

Jean-Charles détestait subir ce genre de conversation mais il n'avait pas le choix.
- Je vois que tu connais mon pays, ça me fait plaisir.
- Et quel pays ! Comment vont les affaires ? Ça fait longtemps que tu es en Espagne ?

- Bah... Les affaires, ça tourne, sans plus. Y a tellement de concurrence, tu sais… Suis là depuis cinq ans et ça fait trois ans qu'on me promet un passeport, et toujours rien ! Chaque année, c'est pareil : « Abou, il va falloir vendre plus, sinon, pas de passeport... Ce n'est pas suffisant ce que tu fais ».
- Et la police, comment vous gérez ?
- C'est simple, on est relié à un guetteur muni de talkies-walkies.
De toute façon, si on se fait prendre, c'est juste pour montrer aux gens que la police fait son travail, rien de plus. Par derrière, on négocie avec eux. On leur donne une partie de la marchandise qu'ils vont revendre et ils nous libèrent.
Ce n'est pas plus compliqué ! Sinon, on s'arrange avec les flics, confia le petit revendeur sénégalais qui n'avait pas peur de parler à un inconnu.
- Les flics nous préviennent à l'avance et on s'en va faire un tour avant de revenir tranquillement.
Dans le pire des cas, j'ai un co-équipier pas loin, équipé d'un talkie-walkie qui guette l'arrivée de la police.
Mais les téléphones ne les intéressent pas tant que ça, ils chassent surtout les vendeurs de faux sacs Vuitton et de fausses montres Cartier…
Ce milieu est dominé par la corruption à tous les échelons. Jean-Charles se rappela que sous la pression des Américains, le gouvernement malaisien avait lancé en 2019 une vaste campagne anti-contrefaçon. Plus de 500 raids ont été menés dans les usines et les boutiques, 800 personnes furent arrêtées.
Des opérations musclées, avec tabassages, étals de téléphones écrasés au bulldozer, et même une bavure retentissante : la mort d'un petit revendeur abattu dans le dos par la police.
Il avait donc trouvé plus intelligent de créer l'usine au Cambodge, pays jusqu'à présent moins visé par les états européens tout en achetant de temps à autre des produits à ses homologues malaisiens. Cela permettait d'assurer la qualité d'une partie des produits vendus en attendant de s'agrandir.
L'intérêt au Cambodge, est que la répression se heurte à un arsenal législatif inadapté, à une police très facilement corrompue en raison de l'attitude d'un gouvernement ambigu à ce sujet.

Dans tous les cas, la discussion qu'il venait d'avoir confirmait ce que pensait Jean-Charles. Le marché du piratage était en forte croissance.
Il fallait absolument s'imposer au plus vite, afin de ne pas laisser la concurrence prendre le dessus.

Chapitre II
UN BUSINESS EN EXPANSION

Jean-Charles découvrit le contrat sur la table basse du salon. A côté, s'y trouvaient un stylo Mont-blanc et un verre d'eau positionné au centre de la table. Le décor de la scène le surprit par sa démesure. La table en ivoire, large de plusieurs mètres était en incohérence avec les petits objets posés dessus. Kim avait tout préparé avec beaucoup de minutie et d'attention.

Des bruits de pas se firent entendre, Jean-Charles fit l'effort de couper sa respiration, il semblait reconnaître des bruits de talons, l'odeur de parfum lui était familier.

Lorsque la porte s'ouvrit, il eut du mal à le croire, Leila se tenait debout devant lui, le sourire aux lèvres.

- Leila ! Que faites-vous ici ??
Mais votre œil, que s'est-il passé ?
- Jean-Charles, quelle coïncidence ! Vous ne pouvez pas iimaginer ce qui m'est arrivé, je suis vraiment stupide ! Quelle fleur bleue, moi qui ai toujours cru au prince charmant et pensais l'avoir trouvé, quelle idiote je suis !
- Mais parlez donc Leila, que s'est-il passé ?
- Mon mari… Je veux dire, l'homme que je devais rejoindre ici même à Madrid travaillait pour le compte de votre ami Kim. A mon arrivée, je ne le reconnaissais plus, il avait changé. Il me réclamait de l'argent et attendait de moi que je règle sa dette. Ayant quitté mon travail il y a peu de temps, je lui ai fait comprendre qu'il ne m'était pas possible de l'aider. J'ai essayé par la suite de le raisonner et de trouver une solution mais plus les jours passaient, plus il continuait à s'acharner et à insister en me demandant de soutirer de l'argent à mes parents pour l'aider à financer ses problèmes.
Puis l'autre soir, après une bouteille de vodka bien entamée, il s'est jeté sur moi et m'a frappée à plusieurs reprises, d'où cette blessure sous mon œil.

J'ai pris quelques affaires, j'ai récupéré le numéro de téléphone de Kim que m'avait présenté mon ex il y a quelque temps et je suis venue ici même, cherchant de l'aide et un toit pour dormir.
Je n'avais personne d'autre vers qui me tourner.
- Mon dieu, mais quelle ordure, où est ce type que je lui règle son compte ?!
Dit Jean-Charles dans une expression de haine.
- Non ! Surtout pas, je ne veux plus avoir affaire à lui, plus jamais de ma vie. J'ai fait une grosse erreur, je pensais trouver le bonheur mais je n'ai trouvé que des ennuis et des complications, si vous saviez à quel point j'ai souffert.
Heureusement, Kim est venu à mon secours. Votre ami est vraiment quelqu'un de confiance.

Malgré son visage abîmé et ses larmes faisant légèrement fondre son maquillage, Jean-Charles était sous le charme et ressentait pour une fois de la compassion pour cette femme pas comme les autres.

Leila, avec un brin d'hésitation, se mit à dire :

- Je… J'ai beaucoup souffert dans ma vie, vous savez. J'ai toujours ressenti cette blessure au fond de moi-même et je réalise actuellement à quel point elle est profonde. J'ai essayé de la combattre par tous les moyens. Je me suis mis à beaucoup écrire afin de trouver une échappatoire mais au lieu d'apaiser cette blessure, l'acte d'écrire n'a fait que laisser cette blessure ouverte.
Je ne trouve pas de solution Jean-Charles, il m'arrive même de ressentir cette douleur concentrée dans ma main droite comme si à chaque fois que je prenais le stylo et pressais dessus pour écrire, ma main se déchirait. Tous les mots que j'ai couchés sur papier n'ont fait que garder cette blessure ouverte, peut-être encore plus que si je ne l'avais pas fait.

Jean-Charles ne réussit pas à répondre avec spontanéité. Un temps mort s'installa, permettant aux deux interlocuteurs de reprendre leur souffle.
Kim arriva dans la pièce avec un gros cigare COHIBA en bouche, le journal à la main :
- Je vois que vous avez déjà fait connaissance tous les deux.
- Leila m'a fait part de ses quelques… contretemps.
- On n'est pas là pour parler chiffon les enfants, des affaires nous attendent, on parlera de vos problèmes plus tard, as-tu pris connaissance du contrat Jean-Charles ?

On doit être le plus réactif possible, on n'a pas de temps à perdre, on doit agir et vite afin de s'agrandir et mater la concurrence.
Je viens de tomber sur un article dont la source est la direction générale « Fiscalité et Union douanière » de la Commission Européenne, voici ce que disent ces gros nazes :

« En 1998, les douanes des Etats membres de l'Union européenne ont saisi aux frontières 10 millions de produits copiés ou piratés. D'après nos premières estimations, ce chiffre grimperait à 119 millions en 2019. L'industrie de la contrefaçon a explosé ces dernières années. Au-delà des seules marques de luxe, elle touche aussi l'industrie du jouet, les pièces détachées automobiles et bien évidemment l'industrie du cinéma et de la musique, de la téléphonie. Cette activité est de plus en plus structurée tant pour sa production, concentrée en Asie du Sud-Est, que pour le transport, par des organisations mafieuses en tous genres. Cette industrie rapporterait presque autant que le trafic international de stupéfiants. Son chiffre d'affaires représenterait 5 % à 7 % du commerce mondial, soit 450 milliards d'euros par an ».

Kim imposait sa présence et aimait le faire savoir.

- Tu vois, les feux sont au vert mon pote, on doit s'imposer au plus vite et passer devant les premiers, finit-il par dire.
- On est bien parti pour l'instant. Où est le double du contrat traduit en français ? Dit Jean-Charles avec étonnement.
- Je n'ai pas eu le temps de faire la traduction mais je l'ai relu moi-même à plusieurs reprises, c'est OK, no problem, proclama Kim d'un ton vif.

Temps mort. Les trois personnages échangèrent un balai de regard avant que Kim ne lance un large rire, enfumant ainsi la pièce de son cigare.

- Je veux partir avec vous Jean-Charles, je ne sais où aller et ne veux rester à Madrid.
Emmenez-moi avec vous au Cambodge ! S'exclama brusquement Leila.

- Vous êtes une femme pleine de surprise et d'étonnement mais je doute que vous sachiez de quoi vous parlez, répondit calmement Jean-Charles.

- Signez ce contrat et emmenez-moi avec vous ! J'ai besoin de partir loin pour me changer les idées. Je vous promets de ne pas vous créer de complications, je vous en prie…

Jean-Charles ne pouvait pas laisser passer une telle occasion. Il avait la possibilité de se refaire, de grandir professionnellement et d'être accompagné d'une femme pour qui il ressentait un réel engouement.

La période difficile qu'il avait passée et l'avait profondément marquée allait prendre fin.
Après avoir signé le contrat et trinqué au champagne avec ses deux compagnons, Leila murmura à Jean-Charles :

Et si aujourd'hui était le premier jour du reste de ta vie ?

Chapitre III
UNE FEMME UNIQUE

La fraîcheur du mois de mars donnait à Jean-Charles l'envie de sortir boire un verre et faire la tournée des bars. Il voulait se changer les idées.
Il proposa naturellement à Leila de l'accompagner. Cela lui permettrait de mieux la connaître et tenter de la conquérir.

Le quartier des bars tournait à plein régime, même pour un mercredi soir.
La population s'y rendant étant très ethnoculturelle, le panel de la clientèle y était très large :

- Ce que j'aime dans cette ville, c'est le mélange culturel et des genres. Les gens se retrouvent et se mélangent beaucoup plus facilement qu'à Paris. On peut faire des rencontres avec bien plus de facilité. A Paris, on a tendance à être fermé, à rester dans le même cercle d'amis sans faire l'effort de s'ouvrir aux autres, c'est bien dommage et moins enrichissant, se mit à dire Leila buvant avec élégance son Martini Blanc.
- Ca dépend, y a moins de prolos chez nous ! Et puis, pourquoi irais-je me mélanger ?
De toute façon, on est bien ensemble. Parle-moi de toi Leila. Je ne sais pas grand-chose, quelle est ton histoire ?
- Je suis née à Paris, j'ai vécu entre cette ville et Barcelone toute ma vie. Je n'ai pas le sentiment d'appartenir à un pays en particulier. J'ai eu la chance de connaître la diversité culturelle et d'évoluer dans deux mondes différents. Cela m'a permis de me construire et d'apprendre plus vite que les autres, même si c'est assez frustrant de ne pas appartenir à un « groupe », à une ethnie. Je me suis toujours sentie un peu seule et sans accroche.

- J'ai le sentiment que tu dégages une certaine inquiétude, comme une peur enfouie ou un malaise profond… Remarqua Jean-Charles.
- A l'âge de 14 ans, j'ai perdu ma grande sœur. Elle sortait avec un caïd véreux d'un gang quelconque. Elle a mal tourné suite à la mort de notre mère, décédée

d'un cancer. Un règlement de compte a pris mauvaise tournure, ma sœur s'est retrouvée au milieu du champ de bataille. Une balle perdue l'a atteinte en pleine tête, elle est morte sur le coup.

Jean-Charles ne s'attendait pas à un tel discours. Il était choqué mais en même temps surpris que Leila s'ouvre à lui aussi facilement. Il sentait chez elle un besoin de partager, de s'ouvrir, de communiquer. Il ferait l'effort de l'écouter. Elle continua :

- C'est drôle la vie. Un jour, il y a Vie. Une petite fille apparaît au monde, grandit dans le meilleur état de santé possible, sans aucun antécédent de maladie. Tout se passe pour le mieux, comme cela sera toujours le cas. Pour elle, les jours passent normalement, elle rêve constamment à la vie qui l'attend devant elle.
Et soudainement, il y a la mort.
Une mort terrible qui sévit dans un bar quelconque de la ville.
La rapidité à laquelle est venue cette mort ne donne à l'esprit aucune chance pour trouver un mot qui puisse le conforter. On ne nous laisse rien d'autre que la mort, le fait irréductible de notre propre mortalité.
La mort après une longue maladie douloureuse peut être acceptée, la mort d'un homme sans cause apparente peut être aussi acceptée. Mais la mort due à un accident de la sorte ne saurait être acceptée.
Cela nous emmène si proche de la frontière invisible de la vie et de la mort que nous ne savons plus de quel côté nous faisons partie.
La mort sans avertissement. Cela signifie : la vie s'arrête. Et elle peut s'arrêter à tout moment.

- Je sais de quoi tu veux parler, j'ai aussi approché la mort, je l'ai sentie et je comprends tout à fait ton raisonnement. Avant, je me croyais intouchable, invulnérable, il a fallu qu'un événement tragique vienne me chercher, me bousculer pour comprendre ton discours. Je commence à voir la vie différemment, j'ai envie de changer même si cela n'est pas facile pour moi, confessa Jean-Charles.
- Que veux-tu dire par là ?

- Je… J'ai parfois l'impression de me tromper, de m'égarer comme si toute ma putain de vie ne voulait rien dire. Mais je n'arrive pas à lutter contre ce malaise profond qui me ronge. J'aime ma personnalité et ne laisserai jamais personne me marcher dessus mais j'ai le sentiment de passer à côté de beaucoup de choses. Ce

mal-être, ancré au fond de moi-même est comme un virus incurable.
Jean-Charles posa son verre sur le comptoir et posa sa main froide le long du visage de Leila et se mit à dire :

- Leila, je ne peux expliquer pourquoi mais tu me donnes envie de changer, de devenir un homme meilleur.

Le baiser qui s'en suivit plongea les deux êtres dans une période intemporelle, comme si le temps s'était arrêté.
Pour la première fois, Jean-Charles se sentait vivre.

- Il se fait tard, rentrons. Le chauffeur de Kim doit nous attendre quelque part dehors, dit Jean-Charles en prenant Leila par l'épaule en se dirigeant vers la sortie.

- Bonsoir Carter, direction, Calle San Bernardo.
La tête contre l'épaule de Jean-Charles, Leila se mit à dire :
J'adore Madrid, c'est une capitale aux mille facettes qui ne se décrit pas mais se vit. Elle est à la fois monumentale avec ses larges avenues et insolente par ses lignes épurées. Le jour, c'est une ville qui respire l'histoire avec le classicisme du Palais Royal ou la Fontaine de Cibeles et la nuit, c'est une ville qui respire la vie, la Movida qui s'offre à tous. Les bars à tapas de la Plaza Mayor à la plaza Santa Ana avec ses discothèques innombrables…
Pour la première fois, Jean-Charles se sentait vulnérable. L'amour que lui portait Leila y était pour beaucoup. Il n'avait pas l'habitude d'être réellement aimé. Il était craint de tous et avait toujours agi pour l'être. Par conséquence, il n'avait jamais fait l'effort d'aimer. C'était pour lui un signe de faiblesse. Il commençait à se rendre compte à quel point il s'était trompé.
- Carter, que se passe-t-il ? Pourquoi se dirige-t-on vers l'Ouest ? Je vous ai dit Calle San Bernardo, pourquoi prend-on le chemin inverse ?!
- Tout va bien, Monsieur, tout va bien. Kim vous a réservé une surprise avant votre départ dont vous ne serez pas déçu.
- Une surprise ! Je m'attends au pire avec Kim. Ce n'est pas une invitation dans un club de strip-tease j'espère ! Je suis déjà bien accompagné ce soir…
Leila esquissa un sourire.
- Non Monsieur, c'est bien mieux que cela.
La voiture roula lentement, Jean-Charles ne connaissait pas le quartier dans lequel ils se trouvaient. Le calme et la plénitude régnaient. Après avoir tourné

à un énième feu, la voiture s'immobilisa entre deux ruelles désertes.
La porte de la voiture de carter s'ouvrit.
Avant de disparaître soudainement, ce dernier se mit à dire d'un léger rire nerveux :

- Au revoir ; « mon Ange », puis il claqua la porte et s'éloigna de la voiture à petite foulée.

Jean-Charles, qui était entouré des bras de Leila, n'avait porté aucune attention aux paroles de Carter. Il lui fallut quelques secondes pour reprendre ses esprits, avant de réagir. Le doute puis la peur s'emparèrent de lui. Il devait agir et vite.

Sa première réaction fut de se défaire de Leila pour ouvrir la porte arrière.

- Leila, on est bloqués, on est en danger, il faut sortir au plus vite…
- Que se passe-t-il, détends-toi. Ton ami Kim nous a préparé une surprise, dit Leila d'un air euphorique.
- NON, si on reste ici, on est MORTS. Carter, il était au courant de mon accident à New York.
Je ne sais pas pourquoi ni comment mais il ne peut y avoir de coïncidences.
Il faut trouver un moyen de sortir. Il n'y a qu'une seule solution.

Le magnum que sortit Jean-Charles de sa poche intérieure provoqua une telle réaction de panique chez Leila que celle-ci poussa un cri de terreur.
Sans prêter attention à cette dernière, Jean-Charles prit le canon du pistolet dans le creux de sa main et défonça la fenêtre d'un coup de crosse.

A ce moment précis, une berline noire avec les vitres teintées venant de nulle part s'arrêta à quelques mètres de la voiture des deux protagonistes.

- Reste couchée Leila, surtout reste couchée ! Tu m'as bien compris ? Quoi qu'il arrive, ne te relève pas sans que je te le dise !
- Que se passe-t-il Jean-Charles ?? Tu me fais peur…

Ce que craignait Jean-Charles finit par se produire. Les deux vitres teintées de la berline s'ouvrirent pour laisser place à deux bras armés. Les deux hommes firent feu sans relâche.

Il était impossible pour Jean-Charles de répondre au balai interminable de balles venant percuter leur voiture. Les cris de Leila et le bruit des balles résonnèrent dans la tête de Jean-Charles qui ne savait pas comment réagir pour contrer ces deux tueurs.

- AHHH, Jean-Charles, je suis touchée… j'ai mal, arggg…
- Leila ! Mon dieu ! Reste allongée, surtout ne bouge pas !

Jean-Charles devait agir. Il le fallait avant que les deux hommes ne sortent de leur voiture pour finir le travail à bout portant…

Dans un état de déchaînement, allongé contre la banquette, il rassembla toutes ses forces avant de donner un ultime coup de pied dans la porte arrière qui finit par céder.
Il n'avait plus le temps de réfléchir. Il se mit à tirer en l'air afin de détourner l'attention des deux hommes. Rapidement, il trouva une bouche d'égout qu'il pourrait atteindre avec un peu d'effort. Cette porte de sortie était leur dernière chance, il ne restait plus beaucoup de balles à Jean-Charles.

Mais que faire ? Prendre la fuite seul et laisser derrière Leila face aux deux tueurs? Il était inconcevable pour Jean-Charles de retourner la chercher et la déplacer jusque dans les égouts pour devoir la porter durant toute la durée de leur fuite, jamais ils n'auraient le temps de s'en sortir, c'était impossible.

Le calme s'installa. Plus un bruit. Ce silence inquiétant donnait à la scène une lourdeur supplémentaire. Du sang s'échappa de la voiture laissant à penser qu'une personne était gravement touchée. Les deux tueurs en profitèrent pour sortir de leur berline, pistolets à la main. Avançant prudemment, pas à pas, les deux hommes se séparèrent afin d'inspecter la voiture. Ils découvrirent le corps de Leila. Le sang s'était répandu sur toute la banquette arrière. Il était pour eux inutile de s'attarder sur un corps sans vie. Ils devaient retrouver Jean-Charles, c'était lui qu'ils recherchaient, c'était lui la cible de leur contrat.

Les deux hommes, vêtus de costumes sombres, se déplaçaient avec beaucoup de prudence. Chaque geste était réfléchi. Cette danse de la terreur était le fruit de plusieurs années de travail, de plusieurs années d'expérience. Les deux hommes n'en n'étaient pas à leur premier coup, ils étaient de vrais tueurs à gage entraînés et disciplinés.

Les tueurs mirent peu de temps pour découvrir la bouche d'égout déplacée et entrouverte.
D'un geste rapide l'un des deux fit signe à son complice d'approcher afin de l'accompagner dans les bas-fonds du sous-sol et poursuivre leur cible.

Lorsque le deuxième homme se mit à descendre l'étroit escalier, Jean-Charles, qui s'était caché en s'accrochant sous la voiture, sortit à toute vitesse et donna un coup de chaussure en plein visage de son assaillant qui n'eut pas le temps de réagir. Ce dernier fit une chute de cinq mètres avant de s'écraser brutalement au sol.
Le magnum à la main, sans état d'âme, Jean-Charles tira trois balles sur l'homme à terre.
Puis, avec beaucoup de précaution en raison d'une éventuelle riposte du deuxième homme, il replaça la bouche d'égout dans son état initial.

Par miracle, son plan avait fonctionné.
Les sirènes des voitures de police se firent entendre. Il devait quitter la scène au plus vite. Agrippant Leila sur son dos, il prit la fuite en empruntant une ruelle sombre et déserte.

Le poids de Leila sur ses épaules représentait pour lui le poids de sa souffrance et du monde chaotique qui se dessinait petit à petit devant lui. Pourquoi le destin s'acharnait-il autant sur lui ? Peut-être payait-il le prix de son comportement tout au long de sa vie, peut-être que Dieu lui en voulait, le punissait. Jean-Charles n'était pas croyant, il n'avait d'ailleurs jamais cru en rien d'autre qu'en sa propre personne. Cette souffrance qu'il subissait et cet acharnement permanent ne pouvait être à ses yeux qu'un signe d'une force supérieure.
Malgré cet état d'esprit, le souffle de Leila sur son visage lui procura la force de continuer à avancer. La douleur, remplacée par la peur de perdre la femme qu'il aimait, l'anesthésiait au point de ne plus la ressentir. Il voulait partir le plus loin possible tous les deux et ne plus jamais revenir en arrière.
Pour la première fois de sa vie, il était prêt à se remettre en cause pour garder celle qu'il aimait.

Malgré le chant des sirènes des voitures de police s'éloignant petit à petit, la migraine de Jean-Charles ne fit que s'accentuer.

- Leila, reste avec moi, ne me laisse pas tomber, LEILA !!!
Ne pouvant réaliser le moindre effort supplémentaire, Jean-Charles déposa le plus délicatement possible Leila, qui émit un gémissement de souffrance.

- Leila, mon Dieu, tiens le coup, regarde-moi, regarde-moi ! On va s'en sortir tous les deux, on partira le plus loin possible, je te promets, ne me laisse pas tout seul…

Jean-Charles était désormais à genoux, perdu au milieu de nulle part, la tête de Leila entre ses mains.
Le regard agonisant, le visage rempli de sang qui dégoulinait le long de son délicat visage, elle eut à peine la force d'ouvrir les yeux avant de murmurer :

- Pardonne moi… je t'ai menti… le contrat… l'argent… j'ai fait ça pour l'argent…

- Ne dis pas de bêtise Leila, je ne t'en veux pas. Ne me laisse pas, pas maintenant.

- Kim… l'usine au Cambodge… ce n'est pas ce que tu crois… tu dois l'arrêter… il… Je t'aimais vraiment Jean-Charles…

- LEILA !! NON !! MON DIEU, une ambulance ! À l'aide ! Je vous en prie…

Personne ne répondait aux cris désespérés de Jean-Charles. Jamais il ne demandait l'aide de personne. Mais cette fois-ci, il aurait tout donné pour qu'on vienne lui prêter main forte.

Mourir à cet instant, dans cette ruelle sordide ne pouvait pas arriver à une fille comme Leila. Et pourtant, c'était bien le cas.
Certains croient au destin. Cette loi supérieure qui semble mener le cours des événements vers une certaine fin. L'existence humaine de Leila, son cours, était-elle prédéterminée pour finir de cette façon ? A crever dans les égouts d'une banlieue perdue et répugnante de Madrid. D'ailleurs, pourquoi la balle l'avait-elle atteinte et non Jean-Charles ? C'est lui qui aurait dû être à la place de Leila. C'est lui que les deux hommes avaient visé, Leila n'avait fait que se protéger sous le siège. Pourquoi elle ? Pourquoi pas lui ? Pourquoi tout court ? De quel droit Dieu avait-il décidé de le garder vivant et non la femme qu'il aimait ?

- POURQUOI ??? Se mit-il à crier de toutes ses forces, accroupi au sol, les bras enveloppés dans ceux de Leila, étendue sans vie devant lui.
La mort donne un caractère absurde à l'existence lorsque celle-ci vous fait face. La mort est par définition le terme d'une histoire de vie. Le plus souvent, elle est la conséquence finale d'un processus plus ou moins long de dégradation des forces vitales. Pour cerner les facteurs de la mortalité, il faut donc s'efforcer de suivre ce processus qui conduit de la santé à la maladie et à la mort. Mais le processus conduisant à la mort prend source de manière très diversifiée. On peut, certes, considérer que l'organisme humain est construit pour durer un temps limité et que chaque individu est biologiquement destiné à mourir une fois ce temps épuisé. L'heure de la mort peut cependant être avancée ou retardée, soit par des événements extérieurs soit par le comportement humain lui-même. La vie, et donc la mort, est en fait le résultat d'un équilibre subtil que l'homme ne peut pas maîtriser.
Jean-Charles se releva avec lenteur, les poings serrés, maculé du sang de Leila.
La police avait dû entendre les cris de Jean-Charles, il aperçut au loin des faisceaux de lumière grossissant petit à petit.
Il devait quitter Leila.

L'idée de se séparer d'elle l'enveloppa d'une rage indéfinissable. Le regard fuyant vers son corps inerte, il se sentit seul. Seul au monde.
Les autres l'avaient abandonné depuis longtemps. Lui-même s'était abandonné dans un monde qu'il s'était construit. Un monde qu'il s'était bâti et où lui seul pouvait décider des événements de sa vie. Un monde où personne ne pouvait avoir la moindre influence sur son comportement, sur ses sentiments.
Aujourd'hui, cet univers avait brutalement disparu. Tous ses efforts, toute cette vie passée à fuir la vérité, à se fuir lui-même. Tout cela s'effondra, se volatilisa, s'évapora en un instant.

Lui qui se demandait si la vie avait un sens… Il avait rencontré un être qui donna un sens à sa vie… Jusqu'à cet instant.

Il devait venger sa mort.

La seule chose qui lui restait à faire était de prendre la fuite, d'emprunter cette ruelle bien sombre, cette voie de sortie. Il voulait disparaître, se perdre et se laisser engloutir dans le néant.

Chapitre IV
SEUL AU MONDE

Seul, Jean-Charles était seul face à lui-même. Seul contre tous.
Son ami de toujours l'avait trahi, la police allait le poursuivre pour l'homicide du tueur et comble de tout, la femme qu'il aimait venait de mourir.
Du côté de sa famille, le bilan était également aussi déplorable. Son père était mort et sa mère ne voulait plus jamais entendre parler de lui.

La solitude continuait à parcourir la vie de Jean-Charles même si celle-ci ne prenait pas la même forme.
Jusqu'alors, il avait fait en sorte d'assumer seul sa solitude, il s'était forgé une distance à prendre avec autrui.
Désormais, elle s'était retournée contre lui et il la subissait.
Son entourage l'avait trompé, trahi, abandonné.

La haine s'empara de lui. Il ressentait de la frustration et de la peur. Pourquoi Kim l'avait-il trahi au point de vouloir sa mort ? C'était lui qui devait être à l'origine de la mort d'Olivier. Mais comment tout cela pouvait-il être possible ? Ils se connaissaient tous les trois depuis tellement longtemps. Ils formaient comme une même famille.

Jean-Charles devait absolument trouver des réponses à ces questions.
Il n'y avait qu'une solution. Retrouver Kim au plus tôt, partir à sa recherche en Asie.

Il avait devant lui quelques heures avant que la police espagnole ne l'identifie.
Il devait quitter le pays au plus tôt. C'était pour lui une obligation.

Le peu d'argent lui restant lui permit de payer son billet d'avion - aller simple - en direction de Bangkok.

TROISIEME PARTIE : BANGKOK

Chapitre I
Aéroport International de Thaïlande
23 juin
4.50 PM

Bangkok n'est pas une ville comme les autres. C'est d'abord et avant tout la ville carrefour du Sud-Est asiatique.
C'est à partir de Bangkok que tous les touristes et hommes d'affaires vont partir pour rejoindre leur destination finale (Laos, Cambodge, Birmanie, etc.).
Ville à la fois paradisiaque par ses superbes temples et autres lieux de culte, Bangkok est aussi la ville de tous les vices où la pollution atteint des dimensions catastrophiques, où la circulation est délirante. On y trouve rassemblés tous les contrastes d'un pays bouleversé par un demi-siècle d'occidentalisation sauvage.

Bangkok, de son nom thaï Krung Thep (la cité des divinités) est à la fois rêve et cauchemar.
Au-delà de l'exotisme séduisant que lui livrent les temples, les marchés colorés, les plaisirs faciles du «gai Bangkok», le touriste doit accepter la réalité d'une ville qui subit des bouleversements profonds.

Empruntant la principale route reliant l'aéroport au centre-ville de Bangkok – Vibhavadi Rangsit Road - Jean-Charles s'aperçut très vite qu'existait une certaine misère se cachant partout, aux angles des rues, sous les ponts, sur les bords de la route... Le paysage lui offrait une vision d'hommes et de femmes dans un tel état de dégradation physique qu'ils semblaient appartenir à un autre monde. Ils paraissaient ne plus avoir aucun contact physique humain.
Ces personnes semblaient ne rien demander, ne mendiant même plus, ne regardant même pas les passants, se nourrissant dans les poubelles...
Fantômes lugubres d'une ville délabrée, plus personne ne les approchait en raison de leur état de saleté visible par des plaies et des maladies sur les mains,

excluant ainsi toute possibilité de contacts physiques.
Cet univers hostile était une nouveauté pour Jean-Charles qui ne soupçonnait pas pouvoir se retrouver dans un tel environnement.
La mendicité, la pollution, le désordre ambiant, l'agitation désorganisée donnaient à Jean-Charles une sensation de dégoût extrême qui était amplifiée par une température et un niveau d'humidité élevés.

L'identité de Bangkok se caractérise par une mosaïque de peuples et d'ethnies où se côtoient musulmans, chrétiens, bouddhistes, hindouistes et animistes. Chacun vivant à son rythme, du plus traditionnel au plus frénétique. Tradition et modernité étant liées, se complétant et faisant parties du quotidien.

Le monde auquel il était confronté le déboussola au point d'en perdre ses propres repères, au point de se sentir englouti dans un univers différent dont il ne soupçonnait pas l'existence.
Il n'avait plus d'emprise, il le savait. Il ne maîtrisait plus rien.
Debout, seul, au milieu de la rue, la chemise blanche Armani à moitié ouverte laissant apparaître quelques poils virils, Jean-Charles se sentit égaré. Comme si son « moi », son intérieur s'était totalement vidé.

Après une brève discussion avec un chauffeur de tuk-tuk (moyen de locomotion en Asie, équivalent au taxi occidental), Jean-Charles se retrouva englouti dans un trafic en accordéon sur les autoroutes de Bangkok, passant curieusement de 10 mètres sous le niveau du sol à 20 mètres au-dessus, en l'espace de quelques centaines de mètres.
Il se sentait dépassé par son environnement.

Comme la plupart des touristes débarquant à Bangkok, il décida de rejoindre Khao San Road, dans le quartier de Banglamphu.
Thanon Khao San est une rue, mais tout ce qui l'entoure est devenu une sorte d'enclave un peu mythique, que les gens aiment ou détestent, mais qui ne laisse personne indifférent.
C'est une sorte de monde à part, un quartier peuplé de jeunes routards, mais pas uniquement, ici, tout le monde se ressemble, tatoués, percés, ou les deux, l'énorme sac-à-dos typiques des backpackers sur les épaules, allant de guest house en guest house, une Shinga ou une Chang Beer (Bières thaïes) à la main.

On déteste Khao San pour son agitation incessante. On aime Khao San parce

qu'on s'y sent vivant. Chacun a le droit d'être exactement comme il le souhaite, le droit d'être bizarre et unique dans son attitude, sans que personne ne vous juge, droit qui, même s'il n'est pas forcément mis à l'essai, vous rend une liberté quasiment perdue en Occident.
Le choc culturel auquel faisait face Jean-Charles se traduisait par de la confusion et de la frustration provenant de différents signes qu'il émettait. Des signes non interprétables et impénétrables. Jean-Charles savait encaisser les coups et ne montrait jamais ses sentiments qui étaient non identifiables car enfouis. Malgré tout, mille questions parcouraient son esprit, créant chez lui un certain stress, une déstabilisation.
Il était loin de son environnement naturel. Tout était différent : la nourriture, les odeurs, les sons, l'hygiène, les coutumes, les valeurs, les traditions, la religion, la langue…
Il devait se ressaisir. Prendre le dessus et se battre face à cet univers chaotique qui ne cessait de s'acharner sur lui.
Dans cette jungle urbaine, il devait avant tout trouver de l'argent pour survivre. Mais à qui pouvait-il faire appel pour l'aider ? Qui, de son entourage, serait prêt à lui rendre service ? Il ne pouvait plus compter sur sa famille et il ne voulait pas expliquer à ses amis, à ses connaissances mondaines, qu'il se trouvait à l'autre bout du monde, condamné à dormir à la belle étoile entre deux tuk-tuk.
La seule personne pouvant l'aider, l'unique personne était son vieux compère de jeux, Cunningham.
- Allo, Cunningham ?
- Oui, qui le demande ?
- Cunningham, c'est moi, Jean-Charles.
- Jean-Charles ! Où es-tu gamin ? Ça fait un bail que je ne t'ai pas vu ! M'appellerais-tu pour rembourser ta dette ?
- Cunningham, Je sais ce que je vous dois, je n'ai pas oublié. Je suis sur un gros coup, j'ai besoin d'une petite aide supplémentaire. Je vous rembourserai le double de ce que je vous dois !

- C'est la meilleure ! Tu ne me rembourses pas, tu fais fuir ma nouvelle conquête, la comtesse d'Alveydre et tu oses m'appeler pour me réclamer une rallonge ! Que se passe-t-il, où es-tu donc ? Je ne suis pas une banque !

- Cunningham, ne jouez pas au rat, pas avec moi. Je sais que vous avez lâchement téléphoné à ma mère pour récupérer l'argent. Ce coup est inadmissible, je devrais vous casser les deux jambes rien que pour ça !

- De combien as-tu besoin ?

- Je n'ai pas besoin de grand-chose, 3.000 $ suffiront.

- 3.000 $! Tu dois être dans une sacrée merde pour venir me demander si peu, gamin.
M. Jean-Charles me demande une avance de 3.000 $!! Ah ah, laisse-moi rire…
Mais bon, dans le fond, je t'aime bien. Dis-moi vraiment où tu es et je te les donne tes dollars.

- Bangkok, je suis à Bangkok. Je viens d'arriver, je me trouve à Khao San Road ou je ne sais quoi. J'ai besoin de ce blé au plus vite pour traverser le pays et me rendre à l'usine au Cambodge. Là-bas, je récupère un gros paquet de fric dont une partie vous revient Cunningham.

Jean-Charles s'impressionna lui-même de l'histoire qu'il venait d'inventer.
Peu importe, sans argent, il ne pouvait rien faire.

- Ok Jean-Charles, deal pour un prêt supplémentaire de 3.000 $ au taux fixe de 10 % d'intérêt remboursable dans les six mois.

Je connais bien Bangkok, rends-toi après demain soir, jeudi, au Sofitel Silom. Une fois là-bas, une enveloppe t'attendra à ton nom avec le cash.

Jean-Charles, dans le fond, je t'ai toujours apprécié mais j'ai l'impression que tu t'es embringué dans une piètre situation.

N'oublie pas, je serai toujours là en cas de problème.

Mon nom est Jean-Charles de Cantenac.

Fils d'un père mort,
Fils rejeté par sa mère,
Ami d'un ami assassiné,
Amant d'un amour perdu car assassiné,
Trahi par son meilleur ami et poursuivi par des tueurs,
Ruiné et sans ressource.

Mais je me vengerai !

Chapitre II
Bangkok, Rattanakosin Disctrict
Kosin Soi Bar
12 juillet
9.38 PM

Accoudée au bar, la jeune fille assise en face de Jean-Charles était incapable de sortir le moindre son de sa bouche. Ce qu'elle venait d'entendre l'abasourdit.
La violence dans les paroles et dans le regard de Jean-Charles la stupéfia.
Malgré la peur, poussée par la curiosité, elle se mit à prendre la parole :

- Je... Je ne voulais pas vous énerver Monsieur, juste savoir qui vous étiez. Vous parlez de vengeance, je ne sais pas de quoi vous parlez, je vous jure. Je ne sais rien moi, ne me faites pas de mal !
N'ayant pas remarqué qu'on l'écoutait, Jean-Charles se retourna vers la fille et lui dit :
- Hum... Je ne m'adressais pas à toi poupée, ne fais pas attention à ce que je viens de dire.
Serveur ! Une autre vodka sans glaçon.
- Vodka ? Je vous conseille plutôt le Whisky local : le Mékong.
- Peu importe, tant que c'est de l'alcool fort, je m'en fous.
De toute façon... toutes ces conneries... j'ai tout perdu.
Je suis là, dans ce bar pourri, paumé au fin fond de Bangkok à parler avec une inconnue, entouré de pauvres Thaïlandais...

Sortant un fascicule récupéré dans l'avion, Jean-Charles se mit à lire à voix haut :

- « Gentillesse des autochtones, sourire chavirant des femmes thaïes, plages désertes et paradisiaques. La Thaïlande mérite bien sa popularité. Elle offre une grande diversité culturelle et géographique : au Nord, la culture traditionnelle des pêcheurs musulmans domine, au centre, les vestiges des royaumes thaïs, les somptueux temples khmers, et les bouddhas résistent toujours au temps. Le Nord-est est dominé par de majestueuses rizières alors qu'au Nord, la jungle abrite des ethnies au mode de vie ancestral. A Bangkok,

vous ne manquerez pas de visiter le grand palais, le Wat Phra Kaeo, considéré par certains comme la huitième merveille du monde… ».
La huitième merveille du monde… Bull shit ! On dit la même chose de Madonna ! Tout ça sont des conneries pour touristes !
À l'heure actuelle, je devrais être dans un hôtel cinq étoiles à Phuket et non dans ce trou.

- Je vais te dire, en général, quand on arrive dans un pays lointain, tout te semble très excitant, exotique et fascinant, comparable en tout point à un décor de cinéma. Chacun te porte de charmantes attentions en tant qu'étranger. Mais là, hormis ta présence que je ne peux expliquer, il n'y aucune euphorie ni attente de ma part.
De toute façon, je connais déjà l'Asie. J'y ai séjourné dans les plus grands hôtels, les plus grands palaces mais je ne connaissais pas le pays sous cet angle…
Peut-être qu'à un moment donné, les scènes de rue me paraîtront habituelles et que j'aurais alors commencé à tisser un entourage, qu'il soit d'ordre professionnel ou d'ordre privé, tu ne crois pas ? Dit Jean-Charles buvant son verre cul sec.
- Je ne comprends pas ce que vous dites. Vous délirez, vous avez trop bu je pense…
- J'ai bu ! Et je boirai ! Emit Jean-Charles paraissant un peu éméché.
Mais je sais de quoi je parle, je ne délire pas, crois-moi, madame… ?
- Mademoiselle Lunalaï, c'est mon nom mais appelez-moi Luna. Je n'ai que 17 ans.
- Luna, depuis mon arrivée, dans les rues poubelles, j'y ai croisé quelques cafards qui grouillent, une chaleur insupportable, des étals pourris de marchands occupant les trottoirs aux sorties des bars à gogo. Une misère bien réelle.
Dans les avenues, j'ai vu des éléphants entourés de milliers de taxis bruyants coincés dans des embouteillages tentaculaires, paralysant les grandes artères de ta ville et déversant un flot incessant de chauffeurs harassés au guidon de tuk-tuk bondissants et klaxonnants.
Au loin, je vois les grandes tours illuminées, les buildings pour touristes, les hôtels surclassés. De près, les yeux de ces enfants qui mangent des morceaux d'ananas et tendent la main aux touristes ventrus et transpirants.
Mais où sont donc les riches Thaïs que j'ai tant eu l'habitude de côtoyer dans ton pays ?!
Tes amies filles dansent sur des estrades et se vendent au plus offrant pendant que les moines arpentent ta ville, crâne rasé et robe safran pour apporter

la parole du bouddha vénéré…
Je ne comprends rien à cette ville de fous !
Crois-moi Luna, je me vengerai, quoi qu'il arrive !
- Je ne connais pas la cause de votre peine, mais j'ai l'impression que l'aspect touristique de cet endroit exotique vous conduit à subir une frustration et une incompréhension assez importante. Cela doit être dû, je pense, à des comportements qui vous semblent pour le moins décalés…
- Dis-moi, tu parles drôlement bien le français pour une locale, comment est-ce possible ?
De toute façon, tu ne fais pas ton âge, je t'aurais donné au moins 25 ans !
- Merci. En réalité, je suis née dans le Nord du pays, à Chang Maï, il y a 17 ans. Mon père était un de ces touristes français… Ventrus et transpirants. Il a engrossé ma mère sans le vouloir. Etant un repris de justice dans votre pays, il ne pouvait revenir en France avec nous. Il a donc monté un bar « le Corner Bar ». Une activité tranquille jusqu'au jour où il a commencé à dealer avec les rebelles Yang de la région. Il leur achetait de la came qu'il revendait sous la table à ses clients étrangers. Il s'est rapidement agrandi. Il commençait à voir grand, lui qui n'était rien, lui qui fuyait son pays avec un passé dont il n'a jamais osé parler mais qu'on devinait bien sombre.
Puis un jour, vers mes 8 ans, des hommes armés lui ont rendu visite et l'ont sauvagement abattu devant les yeux de ma propre mère.
J'ai appris plus tard qu'il était lui-même sous l'emprise de la drogue. Il consommait ce qu'il était censé vendre à ses clients, accumulant ainsi les dettes. On ne rigole pas avec les Yang.
Voilà mon histoire, j'ai donc pu apprendre le français durant les huit premières années de ma vie au côté de mon père.
Le verre de Whisky à la main, Jean-Charles n'avait pu en boire une gorgée.
Il écoutait la jeune fille avec beaucoup d'attention et d'émotion.
Il n'avait pas l'habitude d'entendre ce genre d'histoire.

- C'est une histoire assez triste mais tu m'as l'air d'une vraie jeune femme courageuse.
Que fais-tu à Bangkok ? Es-tu venue chercher du travail ?
En posant cette question, Jean-Charles eut un déclic le sortant de son état d'ébriété.
Il se rendit compte que la fille devait être une prostituée, c'était certain.

- Je suis ici… hum… en tant que touriste. Je travaille habituellement dans le Nord mais je suis descendu dans la capitale pour… hum… me changer les idées.

Jean-Charles ne comprenait pas bien cette rencontre. Il suspectait la fille de lui cacher une partie de la vérité. Il pouvait lire dans ses yeux du désespoir et un manque de confiance en soi. Son comportement était bizarre, elle avait changé, elle ne paraissait plus sûre d'elle.

- Luna, j'aurais aimé converser avec toi toute la soirée mais je suis attendu quelque part, je dois filer. C'est urgent.
- Attendez, je pars aussi avec vous.

Traversant le bar rempli de Thaïlandais, ils prirent ensemble la sortie.
Jean-Charles désirait mettre fin à ce début de relation bien étrange.

- Peut-être que nos chemins se recroiseront. Jusqu'alors, je te souhaite bon courage et une bonne visite de Bangkok, puis il s'éloigna précipitamment en direction d'une ruelle bien sombre.

Le Sofitel Silom, dont lui avait parlé Cunningham, se présentait devant lui. Cet hôtel de luxe, en plein centre-ville, contrastait avec la misère réelle présente tout autour.
Il lui fallait de l'argent pour faciliter ses déplacements et rapidement rejoindre le Cambodge afin de retrouver Kim et comprendre ce qui se passait. Il ne voyait pas d'explication. Comment son ami de toujours avait-il pu tuer Olivier et vouloir aussi sa mort ? Kim était maintenant devenu l'unique gérant de leur business, pas si lucratif que ça pour l'instant. A trois, ils auraient eu plus de facilité. Leur partenariat fonctionnait à merveille, Jean-Charles s'occupait du marché français, Olivier du marché americain et Kim attaquait Madrid tout en contrôlant les relations avec les Cambodgiens. Pourquoi voulait-il se débarrasser si rapidement de ses partenaires, amis depuis toujours. Tout cela n'avait aucun sens. Il fallait à tout prix trouver des réponses à ces questions.
D'un pas bien décidé, Jean-Charles prit la direction de l'hôtel.

Deux hommes armés arrivèrent vers lui à vive allure :
- Monsieur de Cantenac, capitaine Minge Thuan et voici le sergent Chang Ratanam, nous appartenons à la police Thaïlandaise, veuillez nous suivre, je vous prie.

- Vous suivre ? Vous rigolez, je n'ai rien fait. Que me voulez-vous ? Je suis dans mes droits, laissez-moi me rendre à mon hôtel, je suis fatigué.
- Monsieur de Cantenac, il ne s'agit que d'une simple vérification, rassurez-vous, vous serez très rapidement de retour à votre hôtel.

Prenant la direction du poste de police, Jean-Charles ne pouvait faire autrement que de subir les ordres. Il ne s'inquiétait pas. Ici, en Thaïlande, il n'était pas redevable de l'homicide commis en Espagne. On ne pouvait rien lui reprocher.

- Luna ! Que fais-tu ici ?! Jean-Charles n'en crut pas ses yeux lorsqu'il vit la jeune fille du bar assise dans la salle d'attente du poste de police, les menottes aux mains.
- Je… je ne comprends pas… En sortant du bar, deux policiers se sont jetés sur moi et m'ont amené ici. Je n'ai rien fait… Je ne comprends pas…
- Luna, réfléchis bien, dis-moi la vérité, et vite, il n'est pas encore trop tard… Que signifie tout ce cinéma ?
- Je… je ne sais pas, je vous le jure. Mon employeur m'a envoyé de Chang Maï jusqu'ici pour vous rencontrer. Mon rôle consistait à vous rejoindre dans ce bar et discuter avec vous. Je ne sais rien d'autre, je n'avais pas le choix… Mon Dieu, que va-t-il m'arriver ? J'ai peur.
La salle dans laquelle se retrouvaient Jean-Charles et Luna laissait à supposer que la police locale ne devait pas percevoir beaucoup de crédits de l'Etat, ou devait détourner l'argent qui en était destiné. La puanteur et la saleté du lieu en question donnaient la nausée à Jean-Charles.

Le capitaine Minge Thuan décrocha son téléphone.
Jean-Charles se pencha en direction de Luna afin de lui chuchoter :

- Luna, c'est important. Ecoute bien la conversation et traduis-moi précisément ce qu'il dit.
Luna, qui écoutait avec attention, traduit discrètement la conversation au fur et à mesure :

- Opérateur, passez-moi l'hôtel Sheraton à Chang Maï.
Kounaï… Capitaine Minge Thuan au téléphone… Affirmatif, les deux protagonistes sont devant moi… Affirmatif, transmetez à Kim que tout se déroule comme prévu.
Peut-on procéder à la suite de l'opération ?... Affirmatif, ne vous inquiétez pas…

Affirmatif, ils ne peuvent plus nous échapper… Très bien, je sais ce qu'il me reste à faire.

Raccrochant son téléphone, le capitaine Minge Thuan murmura à l'oreille de son sergent.
Ce dernier retira sa veste et la posa délicatement sur le dossier de sa chaise.
Il déposa également sur la table l'arme qu'il portait. Puis, délicatement, il retroussa les deux manches de sa chemise et retira les deux premiers boutons laissant s'y échapper quelques poils.
Aussitôt après, son capitaine le suivit. Leurs regards laissaient à craindre que quelque chose allait se passer, Jean-Charles le savait.
Le sergent prit à petit pas la direction de la salle d'interrogation.
Le capitaine s'approcha et s'adressa à Luna en Thaïlandais :

- Mademoiselle, veuillez me suivre, nous allons procéder à l'interrogatoire.
- NON ! Cria Jean-Charles, ne la touchez pas ! C'est moi que vous devez interroger, pas elle, elle ne sait rien, laissez cette enfant tranquille ou vous allez voir…
- Vous allez voir quoi ? Interrogea le capitaine portant à Jean-Charles un coup de poing en plein ventre.
Tu fais le malin, petit Français de mes deux. Tu te crois chez toi, dans ton pays tout propre ? Vous, les occidentaux, qui venez souiller notre terre en la pourrissant de l'intérieur… Vous qui vous prenez pour les rois du monde… Tu vas prendre cher. Tu vas payer pour tous tes compatriotes.
Car ici, la loi, c'est moi ! Compris ?!

Prenant Luna de force, le capitaine Minge Thuan la traîna jusqu'à la salle d'interrogation.
Jean-Charles était impuissant. Il se redressa sur sa chaise et tenta de récupérer son souffle.
Le coup qu'il venait de prendre l'avait momentanément calmé.

- AAAHH, LACHEZ-MOI, SALAUDS !!

Le cri en provenance de la salle d'interrogation interpella Jean-Charles qui, malgré le coup encaissé, se leva et se jeta sans réfléchir en direction de la salle en question en hurlant :

- Bande d'enfoirés, ne la touchez pas !
- Vous, pas passer, interd…

Le policier en charge de la surveillance de Jean-Charles n'eut pas le temps de terminer sa phrase qu'il se vit asséner d'un violent coup de poing en plein visage le mettant KO sur place.

Ramassant l'arme sur le bureau, Jean-Charles s'élança délivrer Luna de ses deux assaillants.

Arrivant à toute vitesse dans la salle d'interrogatoire, il surprit le capitaine et le sergent en train de violer Luna, allongée sur la table, menottée. Le capitaine, lui mettant la main sur la bouche, empêchait Luna de crier. Elle pleurait.

Le sergent s'engagea le premier dans la bagarre tandis que le capitaine Huan retenait Luna.
Les deux hommes se regardèrent quelques instants dans le fond des yeux.
Soudainement, Jean-Charles se précipita en bondissant sur son adversaire, surpris par la vitesse de l'attaque. Le coup entre les jambes porté au sergent Chang Ratanam le projeta en arrière la tête contre le mur. Il tomba à terre comme une mouche.

- Jean-Charles, Attention !

L'avertissement de Luna permit à Jean-Charles d'avoir le bon réflexe de sauter derrière une table qu'il renversa pour se protéger afin de s'en servir comme bouclier pour contrer le coup de feu du capitaine Huan.
Jean-Charles sortit également son revolver. Il tira trois coups en l'air.

- Tu ne sortiras pas vivant de ce poste de police, crois-moi. Ni toi, ni ton amie n'allez vous en sortir.
Sortant de sa cachette, Jean-Charles pointa son revolver sur le capitaine Huan. Lui-même tenait en otage Luna pointant son propre canon contre sa tempe.
- Si tu bouges ou si tu fais le moindre mauvais geste, je lui explose le cerveau et Plouf… Plus de Luna, plus rien !

Désirant en finir avec cette pourriture et sans prendre un instant pour réfléchir, Jean-Charles tira un coup de feux sur le capitaine qui laissa tomber son revolver sous le choc de l'impact.

Il n'eut pas le temps de réagir que cinq hommes armés se trouvèrent dans la pièce, encerclant ainsi Jean-Charles, impuissant.

- Lâchez-moi, bande d'enfoirés, ce sont eux qui ont commencé !...

Un des hommes de la garde thaïlandaise s'avança pour porter secours à son collègue :
- Sergent ?
Sergent Chang Ratanam ? Répondez-moi…
Il est mort.

Chapitre III
Bangkok
Cour suprême de Thaïlande
29 juillet
9.30 AM

- La cour appelle le capitaine Huan à la barre.
- Monsieur Huan, vous dîtes avoir subi des coups de la part de l'accusé de Cantenac ayant entraîné vos blessures. Pouvez-vous nous préciser ce qui s'est passé ?
- Monsieur le Président, l'accusé ici présent nous a sauvagement agressés, moi et l'ensemble de mes collaborateurs sans motif pendant que nous interrogions celle qu'il avait violée plus tôt. Mademoiselle Lunalaï, ici présente, a essayé d'aider l'accusé dans son action contre la police.
L'accusé de Cantenac a d'abord agressé le sergent Chang Ratanam avec une violence innommable allant jusqu'à le tuer, à la suite de quoi il a poursuivi son action en me tirant dessus. Après cela, il a tenté de prendre la fuite mais il s'est fait arrêter par mes collègues ici présents.
- C'est FAUX ! Monsieur le Président, ce salaud et son sergent l'ont violée. Je l'ai entendu crier et je suis venu à son secours. C'est de la légitime défense !
- Accusé, taisez-vous ! Vous parlerez lorsque nous vous donnerons la parole.

Cherchant désespérément dans les gradins un regard pouvant le réconforter, Jean-Charles n'en crut pas ses yeux lorsqu'il aperçut l'agent Fox et son partenaire, l'agent Angel de la DEA. Ils l'avaient, à l'époque, interrogé à New York à propos de la mort d'Olivier. Ils avaient fait le déplacement de très loin pour assister à son procès.

- Monsieur le Président, ajouta le capitaine Huan.
Le discours de l'accusé n'est pas crédible. Aucun policier n'a entendu les prétendus cris de cette jeune femme. Le sergent Chang Ratanam est réputé comme étant un officier très correct lors de ses interrogatoires.

- Mademoiselle Lunalaï, avez-vous quelque chose à rajouter ?
- Monsieur le Président, dit l'avocat de Luna.
Ma cliente n'est pas en mesure de parler. Le choc dont elle a été victime l'a enfermée dans un mutisme complet.
Monsieur le Président, vous comprendrez la raison de son comportement, j'en suis certain.

Assis au fond de son siège, non rasé depuis plusieurs jours et paraissant ne pas s'être lavé non plus, Jean-Charles était désespéré. Il ne comprenait pas ce qui lui arrivait.
Il n'avait pas la force de se défendre face à toutes ces injustices.

Après une courte délibération, le jury se prononça et le Président de la cour lut le verdict :
- … En vertu de quoi, la Cour ne retient pas l'accusation de complicité à charge de l'accusée. Mademoiselle Lunalaï est donc libre mais devra quitter la capitale, Bangkok, aujourd'hui même, par la force s'il le faut.
Quant au prévenu de Cantenac, il a été reconnu coupable de meurtre au premier degré du sergent Chang Ratanam, quoique sans préméditation.

La cour condamne donc l'accusé à être transféré à la prison de Bang Kwang…
… où il sera pendu jusqu'à ce que mort s'en suive.

La sentence sera exécutée dans trente jours à compter d'aujourd'hui.

La séance est levée !

Chapitre IV
Bangkok, Poste de police de Sukhumvit
05 août
6.30 AM

- Debout, espèce d'enfoiré !

Le sergent-chef venait de réveiller Jean-Charles à coup de sabot.
Pieds nus, accroupi au sol, menotté à un codétenu et vêtu de la même chemise déchirée depuis une dizaine de jours, il eut du mal à rester debout sans perdre l'équilibre.
La nourriture qu'on lui apportait se résumait à un bol de soupe et à un morceau de pain à moitié rassis. Il avait perdu beaucoup de poids en peu de temps.

- Toi transféré très vite Bang Kwang, toi souffrir beaucoup, lui martela le sergent-chef qui prenait un malin plaisir à provoquer Jean-Charles.
- C'est une honte ! Je veux un vrai avocat avec un vrai jugement, ça ne peut pas se passer comme ça...

Jean-Charles se rappelait que la prison thaïlandaise de Bang Kwang vers laquelle il allait être transféré était baptisée le «Bangkok Hilton» dans les films et les romans.
C'est la prison considérée comme la plus célèbre du monde. Seules les peines supérieures à 30 ans et les exécutions y sont purgées, la plupart du temps pour trafic de drogue.

- Toi, tuer collègue à moi, toi pendu dans 23 jours, pas avocat, ah ah...
- Je n'y suis pour rien ! C'est de la légitime défense nom de Dieu ! Je ne suis pas coupable, toi comprendre ?

Le coup de crosse reçu dans les côtes fit tomber Jean-Charles qui posa un genou au sol tout en crachant un peu de sang. Il lui fallut l'aide de son codétenu pour l'aider à se relever.

- Je me nomme Pat Tang. Je présume que tu es le jeune Français qui va se faire exécuter ? Dit le prisonnier, relié à Jean-Charles par des menottes.
- Ouais, et j'adore les sushis, émit Jean-Charles à bout de souffle.
- Tu ne devrais pas en rire. Tu ne connais pas Bang Kwang. C'est l'enfer sur terre. J'ai entendu des histoires… D'un jeune prisonnier britannique se battant pour ne pas sombrer dans la folie, d'un travesti qui a fait de la contrebande de drogue pour se payer des implants mammaires. A Bang Kwang, on croise des malades du SIDA mourants, enchaînés à leurs lits…
- Waw ! Que veux-tu que tout cela me fasse ? Il ne me reste plus beaucoup de temps à vivre…
- Tu as 23 jours avant d'être pendu… et en 23 jours, on peut t'en faire faire des choses… Au final, tu finiras probablement par supplier ton exécution.
- Ok, ok. Qui es-tu donc pour faire le malin comme ça ?
- Mon nom est Pat Tang comme je te l'ai dit. Je suis un espion Birman au service de la junte militaire de mon pays.
- Au service de la junte militaire … Le James Bond de Birmanie ! Pourquoi es-tu là ?!
- Je me suis fait arrêter dans le Nord du pays après avoir abattu cinq policiers thaïs. Comme tu l'imagines, c'est difficilement pardonnable dans ce pays… surtout quand tu es Birman…
Et comme toi, on va me transférer à Bang Kwang où j'y serai normalement pendu.
- Rien d'original, je connais la musique…
Comment se fait-il que tu parles aussi bien français ?
- J'ai étudié dans ton pays, entre autres, quatre années à la Sorbonne avant de rejoindre la cause de mon peuple.
Mais peu importe, maintenant, nous sommes liés toi et moi, ce qui signifie que je vais bientôt avoir besoin de tes services.
- Besoin de moi ? Tu ne peux pas pisser tout seul ?
- Dis-moi, la venue prochaine de ta mort te rend drôle… ou es-tu né clown ?
- Vous, fermez gueule et avancez dans camion.

Le garde en charge de la surveillance des deux prisonniers ne paraissait pas plaisanter. Armé d'un fusil, il menaçait Jean-Charles en lui pointant son arme à bout portant afin de montrer sa domination et asseoir son autorité.
La voiture, chargée de quatre personnes escortant les deux prisonniers était

prête à partir. Le garde confirma par un signe que le camion était également prêt à suivre.

Assis au fond de son siège, Jean-Charles n'arrivait toujours pas à accepter la réalité.
Comment pouvait-il se retrouver là ? La rencontre avec Luna au bar, la police qui l'embarque juste après, les flics ripoux qui le trompent… Tout ça n'avait pu arriver par hasard. Luna avait avoué travailler pour le compte de Kim, lui-même actuellement dans le Nord de la Thaïlande.
Apprenant qu'il avait survécu à l'attentat de Madrid, Kim avait dû prévenir certains de ses hommes dès l'aéroport de Bangkok. C'était là-bas qu'on l'avait reconnu et fait suivre. Il en était certain.
Mais comment pouvait-il avoir autant de relation dans ce pays. Il savait qu'au Cambodge, il avait ses entrées et connaissait beaucoup de monde mais ici… Comment était-ce possible ?
La confusion régnait dans la tête de Jean-Charles qui n'avait plus qu'un seul souhait : mettre fin à sa descente aux enfers, à toutes ses souffrances physiques et morales.
Malgré la rage qu'il portait au fond de lui-même, il était prêt à se laisser mourir. Tout se retournait contre lui.

- On ne lutte pas contre son propre destin, dit-il d'un ton résigné, à voix haute, la tête enfouie entre ses mains.
- Quand un homme marche vers son destin, il est bien souvent forcé de changer de direction.
C'est ce que nous pensons, nous autres Birmans, répliqua Pat Tang.
- Dis-moi l'intello, tu m'as l'air bien en forme pour un homme qui va se faire pendre.
- Ton compatriote Paul Claudel disait :
« On croit que tout est fini, mais alors il y a toujours un rouge-gorge qui se met à chanter ».
- Mon Dieu, t'as pas fini avec tes commentaires à la con ? On est des hommes morts, MORTS !
- Morts dis-tu ? Non. C'est le cas de mon meilleur ami, mon frère d'arme, ces salauds l'ont torturé et l'ont exécuté comme un chien, lui est mort, pas nous.
On dit que lorsqu'un véritable ami meurt, on disparaît un peu. Moi, ce que je veux, c'est me venger.
Quelle heure as-tu ? Demanda-t-il, coupant court à la conversation.

- Hein ? T'as un train à prendre ? On t'attend à la prison ? C'est quoi cette question ?
- Contente-toi de me donner l'heure précise !
- Il est 7H13, nom d'une bite ! Me demander l'heure…

Pat Tang se redressa légèrement afin de se tenir droit, le dos contre le camion. Il alluma tranquillement une cigarette.

- Jean-Charles. Un conseil utile, accroche-toi bien. Ils ne devraient pas tarder… dit Pat Tang jetant sa cigarette au sol.
- Pas tarder ? De quoi parl…

Jean-Charles n'eut pas le temps de terminer sa phrase qu'une explosion retentit. C'était la voiture précédant le camion qui avait été touchée de plein fouet par un tir de bazooka.
Le conducteur les transportant, quant à lui, perdit le contrôle et vint percuter un arbre sur le bas-côté.
De toute sa fougue, Pat Tang se débattit avec un soldat à moitié conscient.
Enroulant la sangle du fusil autour du cou du Thaïlandais, il l'étrangla en quelques secondes.
Le deuxième garde, assommé durant l'accident se vit exécuter sommairement d'une balle dans la tête.

Pointant le bout du fusil sur la tempe de Jean-Charles, le Birman se mit à dire :
- Ecoute-moi bien mon pote. Soit tu me suis et tu t'arraches pour courir assez vite, soit je te flingue tout de suite et te coupe le poignet pour me libérer de ces menottes.
Que choisis-tu ?
Terrorisé, Jean-Charles ne tarda pas à répondre d'une voix tremblante :
- Ok, ok, je suis avec toi, pas de problème.

Le choc culturel peut être défini lorsque l'on est sur place depuis suffisamment longtemps pour avoir un point de vue général de la situation, pour avoir tissé des liens d'amitié solides.
On constate alors des comportements nous semblant inacceptables, ou étranges, sans pouvoir identifier le système latent des valeurs. La culture ne se limite pas à la somme d'éléments visibles et tangibles (musique, danse, cuisine, langage, etc.). Bien des éléments propres à une culture sont invisibles et il s'avère souvent

difficile d'identifier les facteurs sociaux, religieux ou historiques qui les motivent (concept de l'espace et du temps, croyances et valeurs).
On est perplexes sur la façon de communiquer et sur la façon dont les gens agissent autour de nous. On ressent le besoin de justifier chaque décision prise. C'est ce que vivait actuellement Jean-Charles :

- Pat ? Tu es certain de ton coup ?
- Tais-toi et cours ! On va rejoindre mes amis en haut de cette colline, on y sera en sécurité.

Une fois arrivés au point de rencontre, trois hommes vêtus en treillis sortirent d'une camionnette et se jetèrent sur Pat Tang pour l'embrasser.
Un des hommes sortit une clé de huit et fracassa d'un coup les menottes qui reliaient les deux prisonniers maintenant libérés.

Pat Tang s'adressa à Jean-Charles :

- Te voilà libre. Tu n'étais pas prévu au programme mais tu t'es bien débrouillé pour un bleu. Prends cet argent et rejoins au plus vite la frontière la plus proche. Voici une boussole pour te retrouver, bon courage.
- Attends, attends. Tu ne comptes pas me laisser tout seul dans cette jungle avec une boussole contre toute l'armée thaïlandaise du pays ? Merci pour l'argent mais à part me torcher avec, je ne vois pas ce que je peux en faire dans ce milieu hostile.
Je ne te demande pas grand-chose. Dépose-moi à Chang Maï, dans le Nord du pays. Ce n'est pas loin et c'est sur ton chemin… Je me ferais discret.

Après un court moment de réflexion, Pat Tang répondit :

- Allez, monte, on n'a plus le temps de discuter.
Mais je ne te préviendrai qu'une seule fois ; si tu me gênes, je n'hésiterai pas à t'abattre.

QUATRIEME PARTIE : LA JUNGLE THAILANDAISE

Chapitre I
Chang Mai
20 août
1.07 PM

Le piteux état de la piste donnait la nausée à Jean-Charles qui s'était recroquevillé à terre au fond du camion.

Il ne savait pas où il se trouvait. Probablement à quelques kilomètres de l'ancienne capitale thaïlandaise, Ayutaha, pensait-il. Il ne voyait pas comment ils pourraient éviter l'armée thaïlandaise. Ces derniers savaient parfaitement qui était Pat Tang et devaient se douter qu'il tenterait de rallier au plus tôt la frontière birmane.

Il n'y avait pas grand-chose à faire, il n'avait pas d'autres choix que de rester caché et se laisser porter par ce groupe de rebelles, laissant en quelque sorte sa vie entre leurs mains.

Depuis la cour de Bangkok et l'annonce prochaine de sa mort, son comportement avait changé.
Il se laissait aller et désirait vivre comme si chaque instant était le dernier.
Il voulait profiter de la vie et ne plus prendre les choses au premier degré.
D'ailleurs, il s'était lui-même étonné de sa conversation avec Pat Tang.

L'idée de pouvoir retrouver Kim le motiva et lui redonna un peu d'espoir.
Il était épris d'un sentiment de vengeance profondément avancé, qu'il devait assouvir à tout prix.
Tellement d'obstacles se dressaient devant lui, à commencer par ce chemin pourri emprunté de nuit.
Se redressant avec lenteur sur son siège, Jean-Charles se mit à parler :

- Pat, on est où ? Comment t'y retrouves-tu dans ce noir, dans un pays qui n'est pas le tien ?

- Mon problème n'est pas la localisation du chemin mais son état. Il a pas mal plu récemment et la boue nous ralentit. Nous devons profiter de la nuit pour avancer le plus vite et loin possible. Je connais le chemin par cœur, ne t'inquiète pas.
- Comment est-ce possible ? S'exclama Jean-Charles septique.
- Nous autres, espions, sommes formés à ce genre de situation. En Thaïlande, quand un Birman se fait prendre, on l'envoie dans la prison de Bang Kwang. En tant que professionnel, on envisage une telle situation et on prépare un plan à l'avance en traçant un chemin nous permettant d'éviter les barrages de l'armée. De toute façon, je parle parfaitement le thaïlandais et nous avons tous de faux passeports au cas où cela serait nécessaire.
- Tu parles thaï en plus de parler français ! As-tu longtemps vécu en Thaïlande ?
- Pour devenir espion, tu es obligé de vivre deux ans minimum en « sous-marin » en Thaïlande et d'y étudier la langue et la culture. On ne fait pas les choses à moitié.
J'ai dû côtoyer cet infâme peuple durant deux années de ma vie sans rien dire, en subissant. C'était très dur.
- Pourquoi as-tu tant de haine envers les Thaï ? C'est un pays pacifiste et accueillant…
- Tu veux rire… La Thaïlande est la honte de l'Asie, le mauvais élève. Ces chiens ont l'âme corrompue, ce sont des traitres. Ils ouvrent leurs frontières et permettent à des Occidentaux dans ton genre de s'approprier le pays, d'en modifier la culture, de remettre en cause un mode de vie où les Fast-food à la MacDonald, les jupes courtes et la drogue viennent remplacer et anéantir des siècles de coutumes et de valeurs.
En Thaïlande, il y a cinq fois plus de touristes pervers que de moines bouddhistes… Pourritures ! Nous, on ne se laissera jamais envahir par vos âmes corrompues.
- Ouais mais en attendant, la Birmanie est un pays de guerriers, de haine et de terreur.
- Je t'interdis de parler de mon pays de la sorte ou je t'explose la tête tout de suite et te jette aux fauves ! Je te rappelle que nous sommes en pleine jungle.
Ce ne sont pas les Birmans les fautifs.
Preuve en est, en Thaïlande, le premier dictionnaire thaï-birman est paru seulement au début des années 90, et le comble, c'est que peu de diplomates thaïlandais parlent couramment le birman. Ils ne cherchent même pas à nous connaître, à s'intéresser à notre peuple, ces chiens !

Je vais te dire la vérité, ce sont en réalité les Thaïs qui désirent nous envahir et ils le feront un jour ou l'autre. Ces chiens sont jaloux de nos ressources naturelles de bois, de pierres précieuses, de jade et des produits de la pêche. Ils font exprès de rejeter la faute sur notre gouvernement, cela les arrange bien, eux, comme les Américains.

A plusieurs reprises, le gouvernement thaï a pensé envahir notre patrie, je suis bien placé pour le savoir.

Ils sont malins, plutôt que de lancer une attaque contre notre peuple, ce qui aurait pour effet de dégrader l'image de marque du pays, les chefs militaires thaïlandais utilisent depuis des décennies une dizaine de guérillas ethniques actives près de la frontière qu'ils financent en grosse partie.

De nombreux compatriotes birmans périssent chaque année sans que le Monde ne le sache.

Pas plus tard qu'en février, environ 200 soldats thaïlandais se sont emparés d'un poste militaire birman du district de Mae Fah Luang, dans la province de Chiang Rai, tout au Nord, afin de prendre à revers les rebelles de la Shan army.

Certains se sont battus pour maintenir leur poste. Si je ne les avais pas prévenus à temps de l'arrivée des Thaïs, ils seraient tous morts.

Ces ordures pensaient m'avoir. Quels chiens d'infidèles ! Leur âme est corrompue.

En tout cas, ils ne pourront jamais rien contre nous car la Birmanie bénéficie de l'amitié considérable de la Chine, puissant alliée redoutable.

L'opinion ne le sait pas, mais grâce aux Chinois, notre puissance militaire se modernise avec l'acquisition de MIG 29 par exemple.

Les Thaïs aimeraient se régaler des ressources birmanes mais elle devra calmer son appétit économique. Nous avons l'armée la plus nombreuse en effectifs de l'Asie du Sud-Est avec plus de 500.000 hommes prêts à partir se battre.

Qu'ils viennent ces chiens, on les attend de pied ferme !

Le discours de Pat Tang laissait Jean-Charles de marbre. Il était envoûté par sa conversation.

Il ne savait que penser. Ce que lui dévoilait Pat Tang lui paraissait exagéré mais après tout, il disait probablement la vérité.

Tout était si irréaliste.

Il essayait de prendre conscience de sa situation actuelle ;

Il se retrouvait au fond d'un camion, dans la jungle thaïlandaise, en compagnie

d'un espion birman face à toute une armée.
Malgré tout cela, il ressentait une étrange sensation. Une sorte d'excitation qu'il n'avait jamais connue auparavant. Cela lui plaisait.
Il s'intéressait réellement à son interlocuteur, il voulait apprendre.

- Dis-moi, je comprends ta position, tu plaides pour ton pays, c'est normal. Mais que penses-tu du trafic de drogue qui enrichit les poches de tes dirigeants au détriment de ton peuple, le laissant mourir de faim.
- Erreur ! La Thaïlande est un des deux plus gros producteurs d'opium de la planète, loin devant la Birmanie.
Nous, ce sont les amphétamines qui enrichissent nos politiciens. Cet argent leur permet de financer en partie l'achat d'armes auprès de la Chine, cela ne me dérange pas, au contraire.
La Thaïlande est pourrie, preuve en est, le rapport de l'Office Of Narcotics Control Boards (ONCB) du mois de mars. Il reconnaît que 94 % des
districts du pays sont touchés, parmi lesquels 20 % très sérieusement avec un afflux colossal d'amphétamines en provenance de Birmanie. Ce sont bien évidemment des amphétamines de basse qualité et très nocives pour la santé.
Nous fournissions à ces chiens nos produits de plus mauvaise qualité.

- J'ai du mal à croire ton argumentation. Je ne vois pas pourquoi la Thaïlande serait jalouse des ressources birmanes. Ces derniers sont au cœur de l'Asie et bénéficient de revenus importants provenant du tourisme…
- Tu n'es au courant de rien, jeune ignare stupide.

Depuis déjà de nombreuses années la Thaïlande souffre d'un déficit d'eau.
Mais cela, l'opinion ne le sait pas forcément.
La raison est essentiellement due au recul très important des forêts humides, ayant pour conséquence une baisse des pluies.
En plus, les énormes barrages construits il y a trente ans n'arrivent plus à remplir leurs réservoirs avec l'eau des moussons. A cela, tu rajoutes les problèmes liés au phénomène climatique El Niño et tu obtiens un problème d'envergure nationale au cœur de toute décision politique.
Le développement de l'irrigation est l'un des objectifs prioritaires de la maison royale thaïlandaise, qui est à l'origine du Royal Irrigation Department. Le pays ne pouvant plus créer de nouveaux barrages sur son propre réseau hydrographique car il n'y a plus la place. Ils pensent donc qu'en allant chercher l'eau en Birmanie, ils résoudraient le problème de leurs ressources.

Tu ne dois pas le savoir mais il y a plus de 2500 kilomètres de frontières entre nos deux pays et seuls 54 kilomètres sont officiellement démarqués. En réalité, cette frontière se trouve essentiellement sur des rivières. Ainsi, le fleuve Salween, qui traverse tout l'Etat Shan et vient se jeter dans le golfe de Martaban, longe la Thaïlande sur quelques dizaines de kilomètres. Se traçant un chemin au milieu de montagnes et de jungles sous-peuplées, le bassin du Salween est resté pratiquement à l'état naturel.

D'après mes informations, la Thaïlande envisagerait de détourner une partie de l'eau produite en surabondance au moment de la mousson depuis le fleuve Salween et les rivières frontalières, pour augmenter le stockage dans les réservoirs de ses barrages.

Tous les jours, ils attaquent nos villages et gagnent petit à petit du terrain afin d'étendre leur présence dans ces endroits stratégiques.

Tous les jours, mes compatriotes tombent sous les balles thaïes.

Tous les jours, mon peuple est spolié de ses propres ressources naturelles.

Et ce n'est pas la seule raison, car les dirigeants thaïs ont également pour volonté d'utiliser l'eau comme source d'énergie électrique.

Comme tu le vois, ces enfoirés cachent bien leur jeu. Pendant que les putes thaïes massent les touristes, le gouvernement agit en secret contre notre peuple. Mais maintenant que je suis libre, je ne les laisserai pas faire.

Je vais me battre contre ces chiens !

Le camion transportant les deux évadés venait de s'arrêter. Un des hommes en descendit et sortit une carte qu'il adressa à Pat Tang.

Ce dernier la déplia et s'adressa à Jean-Charles :

- Tu vois, nous sommes ici à 8 kilomètres au Sud-est de Chang Maï. On ne s'avancera pas davantage, ça deviendrait trop dangereux pour nous. Sur ta boussole, tu suis le Nord-ouest sans jamais dévier de direction. Tu as très peu de chance de rencontrer la moindre milice sur cette zone. Si tel devait être le cas… cours vite.

Tu as suffisamment d'argent pour vivre correctement quelques jours, le temps de quitter le pays. Evite la Birmanie, tu ne pourras jamais passer la frontière non officiellement et même si tu y arrivais, tu ne vivrais pas longtemps.

Choisis le Laos, c'est encore le meilleur choix même si tu dois emprunter des voies difficiles d'accès et dangereuses, car elles sont utilisées par les contrebandiers et autres trafiquants.

Dans tous les cas, nos chemins se séparent ici mon ami. Que Dieu te garde.

- Pat, dit Jean-Charles à la fois ému et apeuré :
Je te remercie sincèrement pour ton aide, de m'avoir en quelque sorte sauvé la vie.
Tu t'es confié à moi sans vraiment me connaître, en me faisant confiance,
je l'ai ressenti. Tu as une force de conviction et d'amour pour ton pays qui impressionne. Tu te bats pour une cause, un objectif que tu juges noble et bon, je t'envie pour cela.
J'espère que l'on se reverra… mon ami.

Chapitre II
FILATURE

Après trois heures de marche discrète à travers la campagne thaïlandaise, Jean-Charles réussit à atteindre la ville de Chang Maï. Il avait demandé à un autochtone de l'accompagner en voiture jusqu'au centre-ville, en échange de quelques bats, la monnaie locale.
Il ne voulait pas perdre de temps. Se rappelant de la conversation du capitaine Mingue Thuan lors de son interrogatoire au poste de police, il devait se rendre au plus vite à l'hôtel Sheraton où devait se trouver Kim.

Jean-Charles se rappelait avoir lu dans son guide que la ville n'était presque pas accessible dans les années 70.
Aujourd'hui, la ville de Chiang Maï, elle-même située au bord de la rivière Ping, est un nid de trésors de temples anciens en plus ou moins bon état, certains magnifiquement conservés, d'autres dans des conditions de vénérables antiquités.
De nombreux touristes parcouraient la ville.
Jean-Charles était impressionné par le nombre de « Phalang », d'étrangers, qu'il croisait régulièrement.
Etant recherché par les services de police, cela le rassurait de se savoir entouré de millier de « compatriotes » occidentaux. Pour une fois, il était content de se fondre dans la masse et de se sentir inconnu de tous.
Après s'être acheté quelques vêtements de fortune sur un marché local, il prit la direction de l'hôtel.

Et si Kim n'était plus là ? Comment allait-il faire ? Il ne connaissait personne dans ce pays pouvant l'aider, personne ne viendrait à son secours ni ne l'épaulerait pour passer une quelconque frontière.
Faisant face au Sheraton, Jean-Charles eut un doute qui l'enveloppa. Il fallait à tout prix que Kim y soit encore. Il le fallait pour Olivier, pour Leila… pour lui.

D'un pas bien décidé, il s'engagea dans le hall de l'hôtel.
Durant quelques instants, il eut un sentiment ambigu. Le luxe du lieu,

et tout ce que cela comportait, lui donnait envie de retrouver cette vie facile, sans effort.
D'un autre côté, il était partagé en ressentant une sorte de dégoût et de rejet. Comme si tous ces endroits qu'il avait tant connus l'avaient en réalité privé de quelque chose qu'il commençait à découvrir et auquel il ne voulait surtout pas mettre fin.
Il savait qu'il n'était plus invincible et le fait de penser à sa propre mort après son procès lui permettait de vivre chaque instant avec intensité.

Il n'avait pas peur de la mort, il avait peur de ne plus exister.

Prenant garde que Kim ne soit pas dans le lobby de l'hôtel, il s'avança discrètement, sa casquette recouvrant une partie de son visage. Il s'adressa en anglais à la jeune standardiste :
- Bonjour. J'ai rendez-vous avec un client, il s'appelle Kim Yuang, il doit être là depuis quelques jours déjà. Pourriez-vous me donner le numéro de sa chambre, je vous prie ? J'aimerais pouvoir m'entretenir avec lui au plus tôt.
- Désolée Monsieur, nous ne sommes pas habilités à donner les numéros de chambre de nos clients. En revanche, je peux l'appeler et vérifier s'il est dans sa chambre afin de le prévenir de votre présence. Vous êtes Monsieur… ?
- Hum… Je m'appelle Alexis Brane, dîtes-lui que je suis là pour passer une grosse commande de téléphones, il comprendra.
- Je connais ce Monsieur Kim, il prépare un voyage depuis quelque temps déjà, il n'arrête pas de m'interroger au sujet de médicaments à acheter… J'espère qu'il n'est pas déjà parti, je vais vérifier tout de suite.
Oui, Monsieur Kim, ici la réception, comment allez-vous aujourd'hui ?...
… Bien, je vous remercie. J'espère que vous avez bien reçu mes derniers colis ?... Parfait, vous m'en voyez ravie. Quand allez-vous partir ? Le mauvais temps est passé… Demain matin, parfait. N'hésitez pas à me contacter pour le moindre besoin.
Dites-moi, je vous appelle car je suis actuellement avec un de vos clients, Monsieur Brane qui…
La réceptionniste, en relevant la tête, se rendit compte que Jean-Charles avait disparu.
- Je… Je ne comprends pas, un homme désirait vous rencontrer pour une commande de téléphones puis il s'est envolé… Très bien Monsieur Kim, je n'hésiterai pas à vous rappeler si je le revois, excellente journée à vous Monsieur Kim.

Jean-Charles, se trouvant à l'extérieur de l'hôtel, avait entendu ce qu'il voulait. Kim allait partir demain matin en déplacement. Il devait le poursuivre et ne plus le lâcher d'une semelle.
Il ne fallait plus qu'on le revoie au Sheraton, cela était trop risqué. Il devait trouver un petit hôtel qu'il paierait en cash, le temps de dormir et récupérer ses forces.
La journée de demain s'annonçait mouvementée…

Levé aux aurores, Jean-Charles quitta son hôtel avec pour unique bagage un sac à dos qu'il avait acheté puis rempli de nourriture et d'eau en vue d'un déplacement qui s'annonçait périlleux.
Louant les services d'un taxi pour la journée, il avait donné pour ordre à son chauffeur d'attendre patiemment devant le Sheraton le départ de Kim.

Les deux hommes n'attendirent pas longtemps avant de voir Kim sortir de l'hôtel accompagné d'un Thaïlandais. Vêtus d'un short et de chaussures de marche, ils avaient chacun un sac à dos manifestement très rempli.
Que se passait-il donc, se demanda Jean-Charles. Allaient-ils partir en trekking comme tous les autres touristes de la ville ? Après tout, peut-être que Kim prenait des vacances après avoir réussi tous ses projets…
Le taxi suivit donc à distance la voiture de Kim durant environ 120 kilomètres avant que celle-ci ne se gare en bordure de route, au milieu de nulle part.
La chaleur et l'humidité commençaient à se faire sentir, Jean-Charles descendit de son taxi en réglant son propriétaire avant de rejoindre la piste de Kim.
Il devait être très prudent. Il ne fallait surtout pas les perdre et prendre suffisamment de distance pour ne pas se faire repérer ou se perdre…

Le chemin, en partie débroussaillé par le guide de Kim à l'aide de sa manchette, restait assez difficile d'accès. Un semblant de piste se résumait pour cette voie de fortune.
Si Jean-Charles se perdait, c'en était fini pour lui. Si Jean-Charles glissait ou tombait, la jungle thaïlandaise se retournerait alors contre lui. Personne ne viendrait le secourir.
Le soleil et l'humidité le faisaient considérablement transpirer. Il perdait plusieurs litres d'eau en transpiration. N'étant pas naturellement sportif, il ne cessait de se réhydrater afin de permettre à son corps de récupérer toute l'eau

évacuée.
Cela faisait déjà cinq heures qu'ils marchaient, Jean-Charles n'en pouvait plus. Son sac à dos lui collait à la peau et le faisait souffrir. Les insectes, attirés par la chaleur de son corps, venaient se coller contre sa chair. Ses genoux commençaient à trembler. Il n'avait même pas pensé à changer de chaussures pour le trekking.
Dans quelques heures, la mousson commencerait à tomber. Cela rendrait sa tâche bien plus compliquée. Il priait pour que Kim et son guide atteignent leur objectif avant que la pluie ne s'abatte sur lui et mette fin à tous ses espoirs.
Mais il restait du temps avant que cela ne se produise.

Aprés s'être restauré rapidement lui permettant de récupérer un peu de ses forces, Jean-Charles ne perdait pas espoir.
Le paysage, qu'il pouvait apercevoir sans pour autant en profiter, lui donnait envie de s'arrêter pour admirer la magnificence des lieux.
Un chemin étroit déboucha sur une cascade de plusieurs mètres de haut dont l'eau limpide faisait rêver Jean-Charles.
Au loin, il pouvait deviner la fin de la montagne. Bientôt, il découvrirait le lieu étrange de leur destination. Bientôt, il allait atteindre son but et pouvoir enfin souffler, du moins, il l'espérait.

Jean-Charles perdit de vue les deux hommes qui venaient d'atteindre la pointe du col. Ne pouvant retenir sa curiosité, dans un effort ultime, il accéléra afin de découvrir ce qui se cachait derrière.

Il ne pouvait en croire ses yeux.
Face à lui s'étendait un champ de pavot de la taille d'un terrain de football.
Une dizaine de femmes y travaillaient.

Son regard s'arrêta sur celui de Luna, quelques mètres les séparaient.

Chapitre III
CHAMPS DE PAVOT

- Luna !
- Jean-Charles ! Ce n'est pas possible !
- Que fais-tu ici nom de Dieu ? C'est quoi ce CIRQUE ?
- Tais-toi ! Parle moins fort, si les hommes de Kim apprennent que tu es ici, tu seras abattu sur-le-champ. Allons parler un peu plus loin quelques instants.
- Mon Dieu Luna ! Pourquoi n'as-tu rien dit à mon procès ? J'ai essayé de te sauver, je ne comprends pas… Tu ne m'as même pas défendu…
- Jean-Charles, je suis désolée, je m'en veux tellement. Tu ne peux pas comprendre, ma mère, mon petit frère. Kim a la main mise sur toute ma famille, si j'avais parlé durant le procès…
- Ne t'en fais pas Luna, ce n'est pas grave, je vais te sortir de là, mais que fais-tu ici ? Que se passe t-il ?
- Kim garde ma famille prisonnière au Cambodge. Je suis désormais obligée de travailler ici pour son compte, tout comme toutes ces femmes qui n'ont pas le choix…
Ecoute-moi, nous avons peu de temps.
J'ai appris que tu étais associé à Kim. Il n'est pas celui que tu penses. Il t'a trompé.
Kim est aujourd'hui associé avec les rebelles les plus actifs de la région, les Yong, en échange d'une grosse enveloppe, ils lui prêtent ce terrain.
- Mon Dieu, tu veux dire que Kim est un trafiquant d'opium ?
- Un trafiquant dont le business s'agrandit. En quelques mois, il a multiplié la surface de son terrain de plantation par deux.

Mais Kim n'est pas un trafiquant d'opium. Erreur ! Continua Luna :

Tu vois ce champ de pavots ? Mon travail est simple mais insupportable. La sève de ces plantes donne l'opium. Sa récolte est un travail extrêmement pénible,

exécutée par les femmes de Kim, quatorze heures par jour avec cette affreuse humidité. Sur cette plante, il suffit d'inciser le bulbe sur sa hauteur et de racler le suc qui s'en écoule. Comprimé en pains de kilo, ce suc, en durcissant, devient de l'opium brut.
Une femme locale en produit en moyenne 30 kilos par an, que les marchands achètent cent cinquante dollars le kilo.
A l'autre bout de la chaîne, quand l'opium a été transformé en héroïne dans les laboratoires de Kim au Cambodge, ce sont tes jeunes amis et compatriotes qui l'enrichissent sans le savoir.
- Mon Dieu… Kim, un trafiquant de drogue à l'échelle internationale…
Je n'aurais jamais pu imaginer ça mais… attends, ce n'est pas vrai, quel enfoiré !
- Qu'y a-t-il ? S'exclama Luna.
- Le contrat… A Madrid… il m'a fait signer ce foutu contrat dont je ne comprenais rien puisque rédigé en thaï… il a dû se décharger de toute responsabilité. Cet enfoiré a mis mon nom comme responsable unique le couvrant ainsi de toutes poursuites en cas de problème juridique… Quelle saloperie !
Et Olivier, mon Dieu… Je comprends maintenant, toute cette drogue qu'il portait sur lui. Comme ton père, il devait consommer ce que Kim lui donnait au lieu de la vendre sur le marché américain, quelle merde ce produit…

J'AURAI LA PEAU DE CET ENFOIRE !

- Jean-Charles, calme-toi tout de suite, ça ne sert à rien de t'acharner.
- Luna, où est Kim, je vais me le faire, DIS-MOI OU IL SE TROUVE.
- Non, non, si tu fais ça… tu ne t'en sortiras pas vivant, il y a trop de rebelles et d'hommes dangereux ici… Ma famille, il faut sauver ma famille, mon petit frère, je ne te l'ai pas dit mais… Ecoute, je n'ai plus le temps de parler, je dois retourner à mon poste avant qu'ils ne découvrent mon absence. Tu dois te rendre à l'entrepôt au Cambodge. Kim ne restera pas longtemps ici, il est là pour négocier l'acquisition d'un nouveau terrain mais il a prévu de partir cette nuit en Jeep, je ferai partie du voyage. Nous partirons après le repas en direction du Laos. Une fois traversée la frontière, on se rabattra vers le Nord du Cambodge, il y a un passage spécial où nous pouvons passer sans problème grâce aux relations politiques de Kim.
Jean-Charles, je ne sais pas comment tu es arrivé jusqu'ici et je te demande pardon pour ton incarcération mais ne me laisse pas tomber, tu es ma seule et unique chance d'échapper à cette horrible vie.

- Luna, je vais te sortir de là, même si je dois y laisser ma peau.
Trop de gens ont souffert à cause de moi, trop de personnes sont mortes sans que je ne puisse rien faire. Trop de choses me sont arrivées à mon insu.
Mais tout ça, c'est terminé car maintenant, c'est moi qui décide quel chemin prendre. Je n'ai pas peur.
Je vais suivre ton conseil, prends garde à toi.

Le petit village où se trouvait Kim était gardé par de nombreux hommes armés. Par chance, la voiture en question se trouvait un peu excentrée, à l'écart du centre du village.
Dès la tombée de la nuit, Jean-Charles se faufila discrètement jusqu'à atteindre son objectif. La Jeep était ouverte, les clefs étaient restées sur le contact. Kim, qui avait fait remplir le coffre en y mettant ses valises, était sur le départ. Jean-Charles n'eut aucun mal à s'installer entre deux bagages, se mettant ainsi à l'abri des regards.

Après une courte attente, quatre personnes montèrent à bord. Jean-Charles se doutait qu'il devait s'agir de Luna et de Kim accompagnés de ses deux gardes du corps.

Recroquevillé sur lui-même, le voyage lui était insupportable. Il retenait sa souffrance et prenait sur lui pour ne pas se faire remarquer.
Quelques heures après leur départ, la voiture s'arrêta brusquement, Jean-Charles pouvait percevoir une conversation qu'il devinait formelle. Cela devait être des hommes de l'armée gardant la frontière entre le Laos et le Cambodge. Quelques instants plus tard, la voiture redémarra lentement et reprit de la vitesse.
Il faisait nuit, Jean-Charles, qui était vêtu d'un short et d'un t-shirt, grelottait entre les valises. Il ne s'attendait pas à autant de fraîcheur. Le froid le faisait trembler. La route lui donna la nausée, il ne devait pas extérioriser ce qu'il ressentait pour ne pas se faire remarquer.

Pour affronter la souffrance, Jean-Charles repensa à Leila, à la première fois où il l'avait rencontré, dans l'avion à destination de Madrid. Il se rappela le moment où il la porta dans ses bras, avant qu'elle ne succombe à ses blessures sans pouvoir la sauver.

Jean-Charles se rappela également de sa mère, de sa relation avec elle. Seule, elle l'avait élevé comme elle le pouvait, sans père. Il lui avait menti, il l'avait trompée durant des années, il en souffrait désormais.

Jean-Charles ferma les yeux et revit son ami Olivier, son seul et unique ami. Il s'était toujours refusé à avoir des conversations sérieuses avec lui. Son charisme et sa prestance l'attiraient mais il n'avait jamais vraiment fait l'effort de le connaître, de l'écouter. Si tel avait été le cas, Olivier ne serait peut-être pas mort aujourd'hui, il se serait confié.

Il était terrifié en faisant le bilan de sa courte vie.

Jean-Charles grelottait et avait la nausée.
Il le méritait, il en était convaincu..

Chapitre IV
LE POINT DE NON-RETOUR

Le froid et le mauvais état de la route avaient eu raison de Jean-Charles qui s'était évanoui après dix heures de voyage passé dans des conditions extrêmes.

Ouvrant le coffre de sa voiture afin de récupérer ses bagages, Kim eut un choc en le trouvant totalement recroquevillé sur lui-même, grelottant et incapable de prononcer la moindre parole.
Luna n'avait rien pu y faire, elle était dépassée par la situation.

- Qu'est-ce qu'il fout là ? S'exclama t-il auprès d'elle.
C'est toi qui as ramené cette pourriture jusqu'ici ? Il n'a pas pu arriver tout seul ! Quelqu'un l'a forcément aidé. Parle donc, sale garce !

Le regard de Luna traduisait la peur qu'elle éprouvait face à Kim.
Elle savait que sa réponse allait déterminer le reste de son existence.

Quant à Jean-charles, elle se disait que ses heures étaient comptées. Kim allait probablement le torturer avant de l'exécuter.

Impuissante face à la situation, elle ne trouva pas la force de répondre, ce qui lui valut un coup de crosse en plein visage.

S'adressant à ses hommes de main, Kim ordonna :
- Emmenez-les, lui et la fille…
… On va s'occuper de notre invité surprise comme il se doit.

CINQUIEME PARTIE : CAMBODGE

Chapitre I
Entrepôt au Nord-ouest de Cheom-Khsan
15 août
5.35 PM

Se réveillant peu à peu, Jean-Charles ouvrit les yeux mais ne put rien voir. Il se trouvait dans le noir le plus complet. Menotté, les bras immobilisés en suspension, ses genoux reposaient sur un simple tabouret. Un sparadrap autour de la bouche l'empêchait d'émettre le moindre son.
L'odeur de cave ainsi que l'humidité ambiante le laissaient penser qu'il se trouvait en sous-sol.
Agitant ses bras et voulant crier, Jean-Charles se sentait totalement impuissant.

- Ça ne sert à rien de t'énerver Jean-Charles, tu es au troisième sous-sol, dans notre entrepôt au fin fond du Cambodge. Personne ne te viendra en aide cette fois-ci.
La voix de Kim fit trembler davantage Jean-Charles.
- Aucune issue, aucune échappatoire. Tu m'auras bien donné du mal, mon salaud. Tu sais, je n'aurais jamais cru ça de toi. Jean-Charles de Cantenac me poursuivant dans la jungle thaïlandaise et cambodgienne…Ahah, laisse-moi rire ! Toi qui n'es bon qu'à amuser la galerie dans les dîners mondains.

J'imagine toutes les questions que tu dois te poser. Comment Kim, mon ami de toujours, a-t-il pu me trahir ? J'ai fait les 400 coups avec lui…blablabla… pauvre sot !

Tu n'es qu'un minable Jean-Charles, tu l'as toujours été. Un pauvre glandeur de fils à papa. Toi qui a toujours eu la vie facile, toi qui a toujours eu tout ce que tu voulais et tout de suite.
Moi, je me suis fait tout seul, on ne m'a jamais rien donné... Alors, j'ai dû prendre.
Tu pensais vraiment que j'allais adhérer à ton minable projet de bas étage ?
Tu pensais vraiment que j'allais faire le sbire dans ce trou pendant que toi tu t'en mettais plein les poches dans les grands restaurants à New York ?
Tu es un petit Jean-Charles et tu mourras petit, alors que moi, je grandis davantage chaque jour, rien ne m'arrête !

Kim retira sèchement le sparadrap de la bouche de Jean-Charles :

- ENFOIRE ! Et Olivier ? Tu l'as fait froidement abattre. Espèce d'enflure, tu n'aurais jamais dû faire ça !!
Ricanant, Kim laissa passer un court silence avant d'ajouter :
- Olivier... sacré Olivier. Il est mort à cause de toi, je n'ai pas eu le choix. Il était sur le point de tout t'avouer à New York, je devais m'en débarrasser avant que tu ne signes le contrat... que tu as signé à Madrid je te rappelle. Tu es donc responsable de toute l'activité de cet entrepôt, de tous ces kilos de cocaïne stockés avant d'être envoyés en Occident...
... Tu te croyais plus malin que moi... pauvre type, sale raté.
Officiellement, je te rappelle que tu dois être pendu dans huit jours, ce qui t'aurait laissé huit jours de plus à vivre, c'est bien dommage.
Officiellement, grâce à ce contrat, tu es à la tête d'un entrepôt qui est une plaque tournante de l'Asie du Sud-Est en matière de trafic de drogue... Mais ce n'est pas tout mon cher ex-ami et ex-associé.

Kim se leva et alluma l'interrupteur éclairant ainsi la pièce.

Jean-Charles eut une vision d'horreur lorsqu'il prit connaissance de l'endroit où il se trouvait.
Une dizaine d'enfants étaient allongés, morts, sur des tables de fortune. De vulgaires draps couverts de sang recouvraient leurs corps, inertes.
Luna était attachée à un lit. A côté d'elle se trouvait son jeune frère. Tous les deux paraissaient endormis.

- Officiellement, tu es également responsable d'un des plus importants trafics d'organes d'Asie ! Hurla de rire Kim.

- NOOOOON, espèce d'enfoiré, comment peux-tu… J'aurais ta peau, je te jure que je te tuerai !

Une voix se situant derrière Jean-Charles le surprit :
- Jean-charles, tu ne tueras personne, c'est nous qui allons te découper !
- Cunningham ! S'exclama Jean-Charles.
Que faites-vous ici, ce n'est pas possible…
- Sais-tu combien vaut un foie comme le tien sur le marché ? Un foie appartenant à un jeune homme de 25 ans en pleine santé ? Occidental de surcroît ! Je connais plus d'une personne à l'hippodrome de New York prête à mettre le prix…
- Cunningham ! J'aurais dû m'en douter, pourriture d'Anglais !
C'était donc vous le coup monté à Bangkok, devant l'hôtel ! Vous vouliez vous débarrasser de moi en me faisant porter le chapeau pour le viol de Luna… Mais les choses ne se sont pas déroulées comme vous l'aviez initialement prévu…
Je ne comprends pas Cunningham… On se connaît depuis des années…
- Tu pensais vraiment, que durant tout ce temps, je passais mes journées à jouer aux courses et à te regarder flamber l'argent de tes parents sans jamais me rembourser ?
Erreur. Un foie comme le tien, je peux le vendre plus de 50.000 $ en cinq minutes. Il me suffit de décrocher mon téléphone et de parler à mon contact à New York pour rendre service à un client qui attend un foie depuis des mois. Mieux, mon cher Jean-Charles, nous venons de créer l'option « voyage » qui permet à nos patients de venir directement à Bangkok afin de s'y faire opérer. Coût total : 95.000 €, transport compris en première classe… bien entendu.
- Vous n'êtes que des enfoirés, et tous ces jeunes que vous tuez pour revendre leurs organes… Vous n'êtes pas humains !
- Ces jeunes, reprit Kim… nous leur rendons service. Plutôt que de crever comme des chiens dans le caniveau ou faire le trottoir auprès de gros Occidentaux, nous leur proposons de sauver des vies humaines. Quelle preuve d'amour et de partage !

Cunningham continua :
- Sais-tu qu'aujourd'hui, rien qu'à New York, 10 à 30 % des patients inscrits sur les listes d'attente décèdent avant d'avoir pu bénéficier d'une greffe.
Avec les progrès rapides de la médecine et des techniques médicales, les transplan-

tations d'organes, et plus particulièrement de reins et de foie, sont devenues une aubaine pour nous. La plupart des programmes de transplantation connaissent un taux de survie à cinq ans de plus de 70 %. Tout ça entraîne une augmentation rapide des demandes de dons d'organes. Les techniques modernes de conservation des organes nous permettent un transport quasi sûr.

Mais ne t'inquiètes pas pour toi, je veillerai personnellement à ce que ta moelle osseuse arrive intacte à New York.

- Je ne souhaite pas que vous alliez en enfer Cunningham, vous y êtes déjà !

Kim, qui préparait l'installation d'une table, dit :

- Ce n'est pas tout Cunningham mais je vous rappelle qu'une livraison part tout à l'heure. Appelez le doc' qu'il vienne se charger de ces trois derniers donneurs.

Cunningham s'apprêta à partir lorsque deux hommes défoncèrent la porte de la cave et pénétrèrent dans la salle, pistolets en main :

- DEA, ne bougez plus ou nous faisons feu !

L'agent Fox et son partenaire, l'agent Angel, sortaient de nulle part.
Kim, par simple réflexe, sortit son magnum afin de se défendre.
L'agent Fox, ayant anticipé cette tentative, tira une balle en pleine tête de Kim qui tomba au sol. Il était mort.
Cunningham, quant à lui, ne bougea pas. L'agent Angel le maîtrisa sans la moindre difficulté.

- Monsieur de Cantenac, émit l'agent Fox.
- Je... Je ne savais pas que la police arrivait à temps, ça n'arrive que dans les films !
- Nous ne sommes pas la police, rétorqua l'agent Fox.
Nous sommes de la DEA (La Drug Enforcement Administration), le bureau spécialisé dans la lutte anti-drogue. Nous travaillons en étroite collaboration avec la CIA et le gouvernement cambodgiens. Les Etats-Unis subventionnent l'Etat cambodgiens et thaïlandais pour lutter contre le trafic de drogue, nous sommes là pour les aider dans leur action.
- Mais... comment m'avez-vous retrouvé au fin fond de cette jungle ?

- Monsieur de Cantenac, nous ne vous avons jamais perdu.

Depuis New York et la mort de votre ami Olivier, nous vous surveillons, nous avons suivi la totalité de votre parcours.
- Comment … Comment est-ce possible ?
- C'est possible grâce à la plus vieille technique de la CIA, Monsieur de Cantenac. Lorsque nous vous avons visité, à l'hôpital de New York, nous avons placé une puce miniature faisant office de GPS dans votre talon de chaussure gauche. La CIA avait quelques doutes sur votre ami Olivier qui importait de la cocaïne à grande échelle et que nous pistions depuis plusieurs mois. Nous voulions remonter toute la filière.
C'est vous qui nous avez conduits jusqu'ici.

- Que va-t-il se passer maintenant ? Je peux rentrer chez moi, à New York ?
- Malheureusement, j'ai bien peur que cela ne soit pas possible Monsieur de Cantenac.
Nos accords d'intervention à l'international nous obligent à respecter le droit de chaque pays. Je vous rappelle que vous êtes recherché en Thaïlande pour le meurtre d'un représentant de la justice.

C'est donc notre devoir de vous remettre aux autorités thaïlandaises.
Monsieur de Cantenac, vous êtes en état d'arrestation.
Vous avez le droit de garder le silence, si vous parlez, tout ce que vous direz pourra être retenu contre vous, veuillez nous suivre.

EPILOGUE

Bangkok
Cour suprême de Thaïlande
Lundi 25 août
11.30 AM

… En vertu de quoi, la Cour a reconnu le prévenu de Cantenac, coupable du meurtre au premier degré du sergent Chang Ratanam, quoique sans préméditation.
La cour a reconnu le prévenu de Cantenac coupable d'une tentative de fuite ayant pour conséquence la mort de cinq hommes de l'armée thaïlandaise, quoique sans préméditation.

La cour condamne donc l'accusé à être transféré à la prison de Bang Kwang…
… où il sera pendu jusqu'à ce que mort s'en suive.

La sentence sera exécutée dans six jours à compter d'aujourd'hui.
La séance est levée !

Jean-Charles eut un sentiment de « déjà-vu » lorsqu'il entendit son jugement.

Il était rassuré de savoir Kim mort et Cunningham en prison. Il était surtout heureux d'apprendre que Luna et son frère s'en étaient sortis. La DEA les avait remis à un organisme qui leur donnerait la possibilité de reprendre une vie normale aux Etats-Unis.
Quant à l'entrepôt au Cambodge, il ferma. Tout le réseau de Kim fut démantelé, à New York, à Paris et à Madrid. Une trentaine d'arrestations eurent lieu. De nombreuses connaissances de Jean-Charles furent interpellées pour détention de cocaïne. Quelques-unes d'entre elles étaient également mêlées au trafic d'organes.

Jean-Charles était escorté par deux soldats armés.
Il n'attendait plus rien de la vie même s'il aurait aimé pouvoir continuer à vivre et rattraper toutes ses années perdues.

Descendant les marches une à une en direction de sa cellule, il pensait à la mort, à la vie.
Il pleurait.
Il pleurait tellement qu'il n'arrivait plus à se diriger sans une aide.

Arrivant dans sa cellule, il s'assit sur son lit, il faisait noir. Il entendit une voix douce s'adressant à lui :

- Pourquoi pleures-tu ?
- Je pleure parce que je veux vivre, répondit Jean-Charles avant de continuer :
Je pleure parce que j'ai tout raté, que tout est trop tard. Je pleure, pour tous ceux que j'ai perdus, pour tout ce que je n'ai pas vécu, pour tout ce que j'ai raté.
- Il n'est jamais trop tard, répondit la voix.
C'est bien toi l'étranger qui a fui la Thaïlande et s'est fait prendre au Cambodge ?

Jean-Charles, qui ne prêtait pas attention à la conversation, répondit mécaniquement :
- Oui… Et toi, qui es-tu ?
- Moi ?
Je suis un repris de justice.
L'armée thaïlandaise m'a coincé dans le Nord du pays alors que je tentais de passer la frontière.

Dans huit jours, je serai pendu… normalement.

Mon nom est Pat Tang.

FIN

SOMMAIRE

PREMIERE PARTIE : NEW YORK CITY

Chapitre I : 105th Street - Manhattan Avenue..................P 3

Chapitre II : Self Made Man..................P 8

Chapitre III : Une sale guerre..................P 11

Chapitre IV : L'hippodrome..................P 14

Chapitre V : Une virée au Panjia..................P 18

Chapitre VI : Black-out..................P 27

DEUXIEME PARTIE : MADRID

Chapitre I : Aéroport de Barajas..................P 30

Chapitre II : Un business en expansion..................P 42

Chapitre III : Une femme unique..................P 46

Chapitre IV : Seul au monde..................P 54

TROISIEME PARTIE : BANGKOK

Chapitre I : Aéroport International de Thaïlande..................P 55

Chapitre II : Bangkok, Rattanakosin Disctrict........................P 60

Chapitre III : Cour suprême de Thaïlande ....P 68

Chapitre IV : Bangkok, Poste de police de Sukhumvit........P 70

QUATRIEME PARTIE : LA JUNGLE THAÏLANDAISE

Chapitre I : Chang Maï..P 75

Chapitre II : Filature..P 81

Chapitre III : Champs de pavot..P 85

Chapitre IV : Le point de non-retour.....................................P 89

CINQUIEME PARTIE : CAMBODGE

Chapitre I : Entrepôt au Nord-ouest de Cheom-Khsan......P 90

EPILOGUE..P 95

Remerciements

J'aimerais avant tout remercier toutes les personnes que j'ai pu rencontrer à travers mes voyages. L'intensité de ces rencontres m'a permis de m'enrichir humainement, à trouver l'inspiration ainsi que l'envie d'écrire.

Que soient aussi particulièrement remerciés ma famille et en particulier ma femme, Lucia, et ma fille, Lys et tous mes proches pour leur soutien.

J'aimerais également dédié ce livre à la mémoire d'Artus de Cazeaux, ami éternel.

© 2021, Alexis BRANE
Édition : BoD – Books on Demand,
12/14 rond-point des Champs-Élysées, 75008 Paris
Impression : BoD - Books on Demand,
Norderstedt, Allemagne
ISBN : 9782322376575
Dépôt légal : Juin 2021